12-7

LE VOYAGE DE NINA

Autrefois journaliste et réalisatrice de télévision, Frédérique Deghelt consacre désormais son temps à l'écriture de romans et de scénarios. Elle est entre autres l'auteur de *La Vie d'une autre*, porté à l'écran par Sylvie Testud avec Juliette Binoche et Mathieu Kassovitz, et du *Cœur sur un nuage*, tous deux parus au Livre de Poche.

Paru dans Le Livre de Poche :

Le Cœur sur un nuage
La Vie d'une autre

FRÉDÉRIQUE DEGHELT

Le Voyage de Nina

LE LIVRE DE POCHE

© Librairie Générale Française, 2014.
ISBN : 978-2253-17949-8

Je fais confiance au voyage pour qu'il me conduise
dans le tourbillon émotionnel du monde.

Olivier de Kersauson

Prologue

Nina mit un peu d'eau froide sur son visage et aperçut son reflet dans le miroir. Depuis combien de temps ne s'était-elle pas regardée ? Elle chercha si elle pouvait se souvenir de la dernière fois où elle avait détesté ses cheveux courts et teints, son regard devenu triste. Elle pensa à Vicente, au soir de son anniversaire, et elle rougit. Ce soir-là, elle s'était sentie jolie. Elle se dit que le vieux type qui venait de la sauver devait s'impatienter là-haut tandis qu'elle traînait dans les toilettes. Elle se rendit compte qu'elle aurait pu mourir. Un frisson remonta le long de sa nuque ; elle préférait ne plus y penser. Elle secoua la tête comme pour éliminer les mauvaises idées et murmura doucement : « Maintenant, je suis vraiment sûre que vous veillez sur moi. » En remontant lentement les marches qui menaient à la salle du restaurant, elle se demanda s'il fallait aussi se méfier de son sauveur. Elle décida que oui. Ne se fier à personne, c'était la règle d'une voyageuse ! Avec un immense sourire que démentaient ses pensées, elle s'assit en face de lui et commanda un jus de tomate. Il la considéra en silence. Il devait avoir dans les soixante-dix ans, peut-être un peu moins. Son visage assez anguleux était encadré d'une masse de cheveux blancs et longs. Son regard clair semblait en alerte. Il était grand, mince bien que baraqué, et, par-dessus tout, Nina trouvait qu'il dégageait une grande force. Les deux jeunes types qui l'avaient enlevée avaient passé un très mauvais moment, malgré le couteau avec lequel l'un d'entre eux avait vainement essayé de se défendre.

— Je ne prends jamais cette route sur laquelle je t'ai trouvée en si mauvaise compagnie !

— J'ai eu de la chance alors ? murmura Nina.

— Probable... Ça fait longtemps que tu voyages ainsi toute seule ?

On abordait la question délicate et Nina sentit que son corps se raidissait, comme si la perspective inévitable des mensonges qui allaient suivre lui était douloureuse. Avant qu'elle ne se lançât dans ses explications, il passa la commande. Bien qu'elle n'eût pas très faim, elle se sentit mieux après avoir goûté du bout des lèvres les spécialités qu'il avait choisies avec soin. Il n'avait fait aucun commentaire durant son récit peu convaincant à propos des cousins qu'elle était censée rejoindre.

Pour faire diversion, elle lui demanda pourquoi il n'avait aucun accent espagnol quand il parlait français, puisqu'il lui avait semblé qu'il n'avait pas non plus d'accent français quand il parlait espagnol. Il lui répondit en souriant qu'il n'avait pas l'accent allemand quand il parlait anglais et parut très content de réussir à la faire rire. Comme il avait cessé de l'interroger sur sa vie, Nina se détendit et ils parlèrent de musique et de voyages, comme s'ils avaient été amis depuis des lustres.

À la fin du dîner, il évoqua sa fille, décédée à l'âge de dix-sept ans. Ce fut glissé dans la conversation et sans s'appesantir. Nina n'osa pas demander *comment* elle était morte. Il ajouta en la lorgnant qu'il se foutait pas mal des mensonges qu'elle lui avait racontés et qu'il pouvait l'héberger, si toutefois elle avait suffisamment confiance en lui pour accepter. Et peut-être parce qu'elle avait eu vraiment peur, qu'elle avait l'impression de le connaître un peu mieux désormais, et qu'elle était fatiguée, Nina accepta de l'accompagner chez lui. Ne se fier à personne, s'était-elle promis ; c'était bien difficile.

Il habitait en périphérie de Jerez de la Frontera, une petite maison entourée d'un jardin planté d'orangers. Ils échangèrent peu de mots tandis qu'ils roulaient vers les portes de la ville. Nina revit le moment où il s'était arrêté quelques heures auparavant, sur cette petite route où les deux jeunes types l'avaient emmenée, la manière dont il leur avait demandé son chemin en descendant de la voiture, sans avoir l'air de remarquer qu'elle était en difficulté. Puis la rapidité avec laquelle il s'était approché et avait écarté d'une prise celui qui tenait le couteau qui la menaçait. Elle frissonna et le regarda conduire. Il lui avait dit, une fois dans la voiture qui les emmenait loin des deux types qu'il avait laissés KO sur le bas-côté, qu'il s'appelait Joseph. Elle repensa au santon qu'elle plaçait chaque année dans la crèche sous l'arbre et cela lui arracha un sourire. Il s'en aperçut et le lui rendit sans en demander la raison.

— Tu verras, à la maison, j'ai un chien formidable. Ce n'est pas un très bon gardien, mais il joue au foot comme aucun quadrupède de ma connaissance.

Joseph n'avait pas menti. Ils eurent à peine le temps de descendre de la voiture : un sympathique griffon se précipita vers son maître avec de grands aboiements joyeux et accueillit Nina comme si elle était sa maîtresse, lui apportant son ballon comme une évidence. Joseph la mena vers une chambre qui avait dû être celle de sa fille. Quand il ouvrit la porte, une odeur de renfermé s'en échappa. Il se précipita pour ouvrir la fenêtre et les volets.

— Je n'avais pas vraiment prévu d'avoir une invitée ce soir !

Il ouvrit l'armoire pour y chercher des draps et des serviettes. Nina lui assura que tout irait bien et qu'elle pouvait se débrouiller seule. Puis elle fila prendre une douche en s'enfermant à double tour dans la salle de bains. Quand elle revint vers sa chambre, Joseph avait fait son lit et se tenait sur le seuil avec une bouteille d'eau. Elle le remercia en hochant la tête, ne sachant pas trop si elle devait lui serrer la main. Embarrassé lui aussi, il lui demanda de ne pas s'inquiéter si elle entendait du bruit durant la nuit. Il avait très souvent des insomnies depuis qu'il était à la retraite et il n'était pas rare qu'il marchât dans la maison avant de retourner se coucher.

Juste avant qu'il ne quitte la pièce, elle l'interpella :
— Joseph, vous faisiez quoi comme boulot ?
— J'étais flic.

Il referma doucement la porte. Nina soupira. Dans quel traquenard le hasard l'avait-il placée ?

Elle prit son carnet de notes et inscrivit Yael Naim, *Today*. Puis elle plaça son casque sur ses oreilles en remerciant le ciel, une fois de plus, d'avoir toujours sa musique. Elle se rendit compte de la stupidité de cette pensée tout en cherchant la chanson qu'elle voulait écouter. Elle s'installa sur le lit, yeux fermés, pour quitter la chambre de cette fille inconnue qui avait eu moins de chance qu'elle. Elle se demanda de quoi elle était morte et grimaça parce que, même en fermant les yeux, on ne s'abstrait pas facilement d'une odeur de renfermé.

Le cocon dans lequel son existence s'était déroulée, jusqu'à ce fameux jour où elle avait décidé de partir, lui parut irréel. Comme si c'était la vie d'une autre.

Les semaines qui venaient de s'écouler depuis l'idée folle de son départ se mirent à défiler devant ses yeux en une douce mélopée.

I was crying for more...

Chapitre 1

Le plan

— Tu es sérieuse, là ? C'est un projet fou, irréalisable. Tu as songé qu'ils ne vont pas rester là, les bras croisés, en attendant que tu reviennes. Ils vont te chercher. Tu auras la police, la brigade des mineurs, les gendarmes...
— Arrête, Lucille ! En ce moment, les nuits sont longues. Je ne pense qu'à ça. Me tirer ! Alors oui, j'ai pensé à tout ce que tu dis. Le look à changer, l'argent, le voyage, se déplacer, où dormir, manger, les frontières, les dangers... Combien de temps est-ce que je vais pouvoir tenir sans vous ? Ça aussi, tu vois, j'y ai pensé.
— OK, donc si tu as tout envisagé, c'est...
— C'est n'importe quoi plutôt que de vivre avec ces deux guignols. Les difficultés, je m'en fous. Je ferai avec... Tout ça ne sera jamais aussi dur que ce que je vis depuis...
Lucille a interrompu ma phrase en me tendant sa main. J'ai tapé ma paume contre la sienne. On s'est souri et j'ai soupiré. Ce pacte n'avait plus la légèreté

de ceux que nous avions passés depuis l'âge de quatre ans. Lucille s'est mise à réfléchir à haute voix…

— Alors on dirait que… Tu ne serais plus blonde aux cheveux longs… Tu devras te couper les cheveux et te teindre en brune. On va te transformer en moi ! On se ressemble, tu t'en souviens ? C'est même ta mère qui l'avait remarqué en peignant mon portrait.

Je lui jette un coup d'œil. Elle a cessé de se mordre les lèvres en me parlant de mes parents, c'est bon signe. Depuis l'accident, même mes potes les plus proches ne savent plus comment aborder le sujet parental. Ils sont gênés, ils affichent une pitié mêlée de maladresse. Ils ne disent jamais « morts », ils disent « partis »… Je ne sais pas trop quoi faire pour les aider. Peut-être que je serais aussi bête qu'eux si ça leur était arrivé ?

— Je te donnerai mon passeport. Jusqu'aux prochaines grandes vacances, je n'en aurai pas besoin. Et ensuite je dirai que je l'ai perdu.

Je regarde Lucille, sa coupe de garçon, ses yeux bleus, et je me dis que ça pourrait marcher et, surtout, je pense que c'est ça une grande amie. Elle n'a mis qu'une minute à adopter mon projet fou : un voyage de l'orphelinat à l'indépendance. Tout se bouscule dans ma tête. Seule la décision que j'ai prise me tient droite… Partir et ne jamais plus vivre recroquevillée sur mon chagrin. Mais la réalité de mon désir est plus terre à terre.

— Combien as-tu sur ton compte ?

— Huit cents euros, à peine…

— Ils vont vite essayer de te couper les vivres. Tu ne pourras pas retirer d'argent sans être identifiée. Et tu ne pourras pas non plus le trimballer sur toi, ce serait trop dangereux.

Lucille penche la tête comme si elle était dans une grande rêverie, mais c'est une matheuse, elle calcule et je sens qu'elle a un plan.

S'ensuit une discussion psychédélique sur le possible, l'ingérable, le décelable et l'argent. C'est fou ce que l'intendance peut devenir pesante quand on est mineure, accrochée à une idée hors la loi et préoccupée par la survie la plus élémentaire.

— À propos, je ne t'ai même pas demandé où tu comptes aller ?

— Il faut que je sois déjà à l'étranger avant qu'on ne s'aperçoive de ma disparition. Je filerai en Espagne rejoindre la famille de Marsilio. Parce qu'ici, j'ai bien réfléchi et je ne vois aucun proche de mes parents prendre le risque de me garder alors que j'ai fugué. Il ne me reste plus qu'à obtenir la permission de venir dormir chez toi. Quand ils découvriront que je ne suis pas rentrée, je serai déjà loin. Qu'en penses-tu ?

— Pas mal. La partie la plus difficile sera pour moi de mentir à mes parents. J'ai peur qu'ils n'arrivent pas à croire que tu ne m'as rien dit, vu notre degré d'amitié.

— De quoi te plains-tu ? Ce sera le moment de savoir si ça te sert à quelque chose de faire du théâtre depuis trois ans !

Lucille me lance un regard noir et nous continuons à lister un certain nombre de choses à ne pas oublier avant de convenir que nous nous retrouverons dans trois jours sur la péniche, mon ex chez-moi, pour tout préparer avec les autres.

Je reprends le train à la gare Saint-Lazare. Sur le bord des rails, des petites fleurs sauvages ont poussé. Elles n'ont pas l'air troublées par le passage de ces gros monstres de fer. Elles défient le danger, comme si la nature ne pouvait pas être étouffée par la ville, et contempler cette fragilité me donne du courage.

Plus on s'éloigne de Paris et plus les arbres envahissent le paysage. Avant qu'on ne me place chez mes grands-parents, je n'étais jamais venue à Versailles. Ou peut-être une fois avec l'école, pour visiter le château, mais c'est un lointain souvenir. Pour moi Versailles était la ville d'origine du groupe de rock Phœnix, à peine celle de Louis XIV et encore moins le lieu de l'enfance de mon père. Heureusement que mes grands-parents ne m'empêchent pas d'aller voir Lucille... Ils ont peut-être compris que je deviendrais folle s'ils ne me laissaient pas un peu d'autonomie. Je dois mettre de la distance entre eux et ma peine.

Ma grand-mère est une petite femme habillée de façon très stricte. Sa bouche pincée me fait peur. Elle a dans sa mine inquiète, presque fuyante, quelque chose qui me dérange. Parfois elle me regarde sans rien dire. Je sais qu'elle cherche quelque chose de ma vie d'avant. Mon père est son fils. Je suis obligée de me le répéter souvent pour y croire. Ils n'ont jamais pris de nouvelles de nous. Ils ne connaissaient même pas ma mère. Ils nous ont rayés de leur vie. J'espère qu'elle regrette.

Mon grand-père est encore plus lointain. Bien qu'il soit à la retraite, il est dans son bureau toute la journée et je ne sais pas trop ce qu'il trafique. Il ne me parle pas tellement, comme s'il préférait que ce soit ma grand-mère qui gère la relation avec moi. On dirait qu'il se méfie. Ça ne m'étonne pas qu'il ait été militaire ! Mais qu'il ne compte pas sur moi pour me laisser enrôler...

Depuis que je suis avec eux, je suis odieuse. Je leur ai dit tout de suite :

— Je ne veux pas rester. De toute façon, ça ne fait pas de différence pour vous puisque votre fils était déjà mort depuis des années.

Ma grand-mère est devenue pâle et mon grand-père a levé la main pour qu'elle ne dise pas ce qu'elle avait l'intention de répondre. Ensuite, je ne sais plus, j'ai quitté la pièce et j'ai refusé de descendre manger avec eux le soir. Le lendemain matin, elle avait laissé sur la table de la cuisine un paquet de céréales, des fruits, du pain frais et du lait.

C'est lui qui s'est chargé de me choisir une école après avoir appelé le proviseur de mon lycée. Il ne m'en a même pas parlé. Il m'a juste annoncé qu'il m'avait inscrite dans un établissement privé, proche de chez eux, pour faire une préparation aux grandes écoles. Est-ce que mon grand-père essaye de m'acheter en me payant un bahut privé ? En tout cas, ce que je comprends dans sa démarche, c'est que mon avis n'intéresse personne, un peu comme pour le placement chez mes grands-parents.

À partir de maintenant, c'est comme la guerre. Chacun se positionne et marque son territoire. Je suis concentrée sur ce départ qui va m'accorder la liberté à perpétuité. Peut-être que je prends la décision la pire de toute ma vie. Mais comme j'ai peu de chances de gagner une guerre face à des militaires, faisons comme mon père, fuyons-les. Ici, de toute façon, on ne parle pas, on agit.

Ce soir, j'ai tellement peur qu'ils sentent un changement dans mon attitude que je fais beaucoup d'efforts pour être la même. Surtout ne pas attirer leur attention. Cela ne me semble pas du tout naturel parce que je suis si contente à l'idée de partir que j'ai presque envie d'être gentille avec eux.
— Nina... Viens manger...
Et voilà... Depuis quinze jours, ils essayent de me nourrir. C'est leur nouveau truc après avoir essayé de me consoler. Ils ont même essayé de me convertir ! Tu crois à la vie éternelle bien entendu ? a risqué ma grand-mère. Ce n'est pas une question ça, c'est de l'intox ! Après la mort, y a rien, ai-je répondu. Elle a jeté à mon grand-père un coup d'œil que j'ai détesté, un de ces regards pleins de sous-entendus. Vraiment lourd... Si je réussis, je ne les reverrai plus jamais. Me voilà donc presque libre. Je me pose devant mon assiette sans y goûter. Mon chagrin me rend anorexique et mon hostilité nourrit ce qui me reste d'appétit.

Quand ils étaient encore là (est-ce que c'est humain de dire ça ?), je pensais que c'était incroyable d'être aussi heureux. Je passais mes vacances et parfois une partie de l'année scolaire sur les routes, accompagnant mon père et ses musiciens dans tous les pays du monde. Ma mère emportait ses tableaux, ses peintures et ses carnets de voyage. Mes copains me disaient toujours que j'avais de la chance, que j'avais les parents les plus cool de la terre.

Le plan

Stop ! Il faut que j'arrête de penser à ma vie d'avant.
— Mange un peu, Nina, souffle ma grand-mère avec son air de chien battu.

J'avale quelques bouchées et j'essaye d'avoir l'air moins absent. Le haut-le-cœur n'est pas loin. Cette salle à manger est horrible. Toutes ces nuances de tons roses ! Je déteste cette couleur. Ces bibelots, ces poupées en robes folkloriques de tous les pays, rangées derrière les vitrines. Tout ce qu'il y a de plus laid doit être rassemblé ici, dans cet appartement surchargé de bibelots, de tissus à fleurs, de guéridons. Partout ça sent la naphtaline, l'eau de Javel et plein d'autres odeurs écœurantes et vieilles. Comment mon père a-t-il pu être engendré par des individus pareils ? Comment a-t-il pu vivre avec eux tant d'années ? Après le repas, je rapporte quelques assiettes à la cuisine et je file me coucher. J'éteins la lumière pour ne plus voir ma chambre, une réplique de la salle à manger en jaune pâle. Je reste très longtemps avec les yeux ouverts dans le noir, l'estomac noué à l'idée du lendemain. J'écoute Aziza Mustafa Zadeh, *Endless Power*. La nuit m'emporte.

Après trois jours mortifères, je pose enfin le pied sur le ponton et je souris. Je réalise combien le parfum de la Seine me manque chaque jour, le doux clapotis de l'eau quand il pleut, le balancement léger du plancher quand un bateau passe... C'est la première fois que je reviens sur la péniche dans des conditions acceptables. La dernière fois, c'était avec mes grands-parents, pour prendre mes affaires. Ce fut très dur de revoir tout ce qui restait de ma vie avec mon père et ma mère, de comprendre en ayant ce décor sous les yeux qu'il appartenait désormais au passé, à leur absence, et que c'était probablement une des dernières fois où je mettais les pieds sur ce bateau.

J'ai détesté leur façon de regarder l'endroit où j'ai vécu avec mes parents. Tout ce que je voyais dans leurs yeux me déplaisait. J'ai filé dans ma cabine pour prendre tout ce dont j'avais besoin. Je me suis dépêchée, je n'avais pas envie de les laisser seuls dans le carré où se trouvaient les affaires de mes parents.

Je ne sais pas qui va s'occuper de déménager tout ça. Ça me rend malade. Je voudrais que le bateau s'en aille pendant la nuit, qu'il coule ou qu'il disparaisse dans une brume opaque et que personne ne sache ce qu'il est devenu, même pas moi.

Les autres ne tardent pas à arriver, ils sortent le butin de mon futur voyage, lampe de poche, couteau suisse, duvet... et je récupère mon sac à dos dans ma cabine. « Allez, on ne perd pas de temps, Nina, on s'y met ! » La cousine de Lucille m'enfile un peignoir genre salon de coiffure et ouvre son petit sac de travail. Je suis assise droite et je regarde par le hublot en serrant les dents.

— Es-tu sûr de ne pas vouloir un miroir ?
— Non, je fais confiance. Je préfère ne pas voir maintenant...

J'entends les ciseaux. Je sens mes longues boucles blondes glisser dans mon dos et tomber sur le sol en bois de la péniche. Elles ne font presque aucun bruit, une aile de papillon ou d'oiseau. C'est dans mon cœur que ce bruit est assourdissant. J'ai l'impression que toute mon enfance est en train de partir en lambeaux de cheveux. Il va bien falloir que j'ose me regarder. Quand je serai devenue une brune aux cheveux courts. Quand la jolie Nina, la princesse de papa, la petite fille aux boucles d'or de maman, aura disparu. Que restera-t-il à sa place ?

Mes parents m'ont appelée Nina à cause d'une chanteuse de jazz, Nina Simone. Quand je suis née, ils ont tout de suite pensé à *Little Blue Girl*, son premier album. Je regardais souvent sa photo dans le salon, j'écoutais son timbre grave et rauque. Papa m'avait dit un jour qu'il avait hésité avec Billie Holiday, l'autre merveilleuse chanteuse qu'il adorait. Mais maman avait trouvé que Billie, c'était un peu trop cow-boy et elle tenait à sa petite fille bleue. Il faut dire aussi qu'ils s'étaient connus sur le morceau *I love you Porgy*. Si elle pouvait voir qu'à partir de maintenant je serai Billy The Kid sur les routes ! Et en y pensant bien, peut-être qu'il me faudra changer de prénom, m'appeler Lou pour Lucille, surtout si je montre son passeport. Je ne veux pas prendre son nom à elle. Je veux un nom à moi. Une nouvelle vie et un nouveau nom.

Une mèche s'accroche à mon épaule et, machinalement, je la récupère. Un accroche-cœur pour les garçons, disait ma mère. Je la tends à Lucille qui me jette un regard un peu mouillé avant de m'embrasser. Sa cousine râle :

— Arrêtez les mamours, je ne peux pas couper correctement.

— Je vais vérifier ta pharmacie et ton sac à dos. On a peut-être oublié quelque chose, me glisse Lucille à l'oreille.

Des bruits de pas retentissent sur le pont et on retient tous notre souffle, jusqu'à ce que la voix de Gaspard retentisse :

— Vous êtes là ?

Il dévale le petit escalier et se plante devant moi.

— Wouah, ça te change !

— Tais-toi, je marmonne, je n'ai encore rien vu.

Il a l'air d'une excellente humeur. Il tend des billets à Lucille.

— Tu mettras ça sur ton compte pour notre voyageuse. J'ai fait le tour de tes fidèles. Il y a pas loin de neuf cents euros là-dedans ! Tu pars quand ?

Je ne sais pas si je dois l'engueuler pour avoir parlé ou lui sauter au cou pour avoir presque doublé mon budget de voyage. J'ai à peine le temps de le remercier, il sort de son sac une perruque rousse et des lunettes noires qu'il me tend en souriant.

— Ton cadeau de départ, on ne sait jamais, tu pourrais en avoir besoin !

Nous éclatons tous de rire.

Gaspard s'est occupé de mon nouveau portable, je devrais dire, m'a refilé son ancien et très vieux téléphone qui n'est pas volable tellement il est moche.

Il prend un air de conspirateur.

— Voici tes billets pour Irun. Le plus important, c'est que, dès que l'alerte est donnée, toi, tu sois déjà en Espagne. Le boulot le plus dur sera pour nous. Nous devrons être stoïques devant les interrogatoires des parents et de la police.

Ça a l'air d'être leur souci principal ! Comme s'ils n'avaient aucun doute sur le fait que moi je réussirai à m'en sortir seule, sans être rattrapée et sans qu'il m'arrive rien. Je compatis sincèrement.

— Je vous plains vraiment, mais je suis sûre que vous y arriverez. Enfin je compte sur vous.

Gaspard a l'air catégorique.

— Moi, je crois que les parents ne seront pas dupes. Ils sauront forcément qu'on les pipeaute. L'inconnu, c'est de savoir combien de temps ils le supporteront.

Je me rends soudain compte qu'ils ont encore des parents et que, par ma faute, ils vont leur mentir sous prétexte que je n'ai plus les miens. J'ai un peu honte. Enfin, ce n'est pas tout à fait ça, mais ça y ressemble. Comme hier soir dans mon lit, mon cœur se met à battre trop rapidement, comme si mon corps enregistrait à l'avance toutes les embûches que je vais rencontrer.

La cousine étale sur ma tête une mixture brune. Elle s'appelle Magali, mais je ne sais pas pourquoi, la cousine, ça lui va beaucoup mieux. J'ai froid, l'impression d'être chauve. Et je le sens bien, même si je ne leur avouerai jamais : j'ai peur de partir.

Une fois à Irun, je filerai sur Madrid. Comment faire ? Dans les hôtels, il faut donner son passeport. Les auberges de jeunesse me font peur. C'est sans doute par là qu'ils commenceront à me chercher s'ils ont l'idée de fouiner à l'étranger.

— Tu n'auras pas besoin d'aller à l'hôtel à Madrid, remarque Anna comme si elle avait suivi le cours de mes pensées. Mon frère est là-bas. Il est dans un appartement en colocation avec d'autres étudiants d'Erasmus. Tu seras en sécurité pour la nuit. Le lendemain, tu pourras reprendre le train pour l'Andalousie. Tu sais toujours où loger à Séville ?

Mon estomac se serre à nouveau. Je pense à Marsilio, gitan, guitariste de mon père quand nous vivions là-bas, il y a deux ans. Je connais juste son adresse dans le quartier de Triana. Marsilio fait partie des *gitans caseros*, ceux qui sont devenus sédentaires et ne se déplacent que pour les différents concerts qu'ils donnent à travers l'Espagne. Je ne sais pas du tout s'il acceptera de me loger. Je ne sais même pas s'il vit toujours au même endroit, dans cette petite chambre au cœur du vieux quartier.

Chaque week-end, Marsilio nous emmenait rencontrer sa famille. Ils étaient toujours tous cousins dans les *pueblos blancos*. Nous passions nos soirées dans les *juerga*, à chanter, danser, manger. Au début, ils avaient une méfiance à l'égard des *gadjos* que nous étions. Là-bas, en Espagne, ils disent des *payos*. Et puis mon père leur avait dit que ma mère avait des origines gitanes lointaines et rien ne fait plus plaisir à ceux du voyage que cette parenté, même incertaine.

Je crois que j'étais un petit peu amoureuse de Marsilio. Il me donnait des cours de danse. J'étais la seule blonde, la plus jeune aussi. Quand il quittait cet air ténébreux et souffrant qu'exige le flamenco, le *sentimiento*, il redevenait un grand type mince, espiègle. Mais j'avais remarqué qu'une fois seul, il était plus grave, presque secret. Je lui en avais fait la remarque, un jour où nous étions redescendus ensemble d'un village voisin ; il avait souri en me faisant un clin d'œil. « Le soir, autour d'un feu de camp, il y a beaucoup de lumière et de musique, mais si tu t'éloignes du feu, il fait beaucoup plus sombre et c'est plus inquiétant. Les gitans sont ainsi, dans le secret de leur cœur. » J'aimais l'écouter. Il me semblait que sa façon de s'exprimer était toujours une sorte d'histoire ou de poème qui m'emportait dans son monde.

C'est tout de suite son visage qui s'est imposé quand j'ai eu envie de partir. Mais lui, il ne m'attend pas et j'ignore ce qu'il va penser de ma fugue.

Au moins, j'ai un avantage dans mon malheur. Mes grands-parents n'ont jamais connu les amis de mes parents ; ils ne pourront pas deviner ma destination, ni aucune idée de leurs amis. Je me méfie cependant. Je me doute que la police est bien capable de retracer les derniers déplacements de mes parents pour trouver une éventuelle destination à ma fugue. Mais là encore, je suis sûre de mon choix. Chez les gitans, jamais on ne me donnera à la police. J'en suis totalement sûre. On me cachera même. Il faut absolument que je trouve Marsilio à Séville et qu'il m'emmène dans sa famille. Depuis que je planifie, ça me donne de l'énergie pour vivre. Mais ces souvenirs me ramènent aussi à mes parents. Ils me manquent horriblement. Merde les larmes... encore... Elles reviennent.

Ma douce enfant,

Je me souviens de ton arrivée sur terre, il pleuvait. La terre mouillée exhalait des parfums de course dans les bois, d'automne et de joues fraîches. Mais c'était l'été. J'avais tenu à fuir la maternité de l'hôpital et j'étais revenue au bout de trois jours sur la péniche amarrée à Boulogne. Je l'avais déjà remarqué, dès qu'on est sur l'eau, les odeurs de la terre sont plus sensibles. Je découvrais que les narines d'une jeune mère aussi. J'écoutais ton petit vagissement de bébé agneau, je m'émerveillais de tes endormissements, de tes réveils aussi. Je me tenais au bord du sommeil, épuisée mais décidée à te regarder encore avant de sombrer. Tu étais une petite fille et, même dans mes rêves les plus fous, je n'avais pas imaginé mieux. Tu étais ma merveille et tu faisais de moi une mère veilleuse. Ton père te découvrait bébé et voyait naître une mère. Son regard allait de l'une à l'autre, perdu, anéanti; il se demandait sans doute comment nous rejoindre et se faire une place dans un duo aussi soudé. La veille de ton arrivée, quand les contractions avaient commencé, nous chantions des chansons au piano, nous décrivions tes cheveux, ton visage, nous nous amusions à imaginer ton futur caractère. Je te voyais volontaire, il te fantasmait timide. Et maintenant que tu étais là, nous ne pensions plus rien. Nous étions juste des parents heureux, fascinés et curieux. Ton regard était clair, tu nous fixais comme si tu voyais jusqu'au fond de notre âme. Je me disais que rien de difficile ne pourrait jamais t'arriver avec un regard pareil. La vie me semblait plus vaste qu'avant. Je n'avais plus le droit de prendre des risques insensés comme j'avais pu le faire autrefois. J'étais responsable de toi.

Je veille encore sur toi mon enfant. Même si tout est différent. La vie ne nous a accordé que peu de temps, mais tu dois continuer et sentir mon souffle qui caresse ton visage. Mon cœur t'aime et te soutient.

Chapitre 2

Le départ

Je sors de ma torpeur. J'ai rêvé d'elle. J'ai rêvé de toi, maman. Je ne perdais jamais de vue que tu avais disparu même si je te voyais vivante me parler. C'était comme un rêve, mais je sais que n'ai pas dormi... Je ne dis rien aux autres. Je me regarde enfin dans la glace. Je me fais peur. Cette coupe de garçon, cet air androgyne, cette tristesse insondable. La petite blonde évanescente, insouciante, est devenue cet autre, un petit brun avec des traits de fillette et un regard désormais fuyant.

J'ai balayé d'un coup d'œil la péniche sans m'attarder. Nous avons pris le métro, mais je n'ai aucun souvenir du trajet. Je marche dans une sorte de brouillard. Ils portent mon sac à dos, ils parlent beaucoup, pour masquer l'émotion qui les étreint. Mon estomac est une grosse pierre carrée qui me gêne pour marcher. Sur le quai, j'ai des larmes qui jaillissent tandis que Lucille me serre contre elle. Je pourrais renoncer. Le courage me manque. En un instant, la folie de ma décision m'apparaît puis s'estompe instantanément, dès que je pose le pied sur la première marche. Je n'ai que quelques heures devant moi et j'aurai déjà passé la frontière avant qu'ils se demandent pourquoi j'ai du retard. J'esquisse un pauvre sourire en me revoyant lire un Arsène Lupin, tandis que maman mélange les couleurs sur ses différentes palettes.

Quand elle peint, ma mère est elle-même comme un vrai tableau. Elle a un regard différent, des couleurs plein les doigts ; elle est complètement là et totalement ailleurs. Elle peint avec son corps et sa tête est en voyage. Maman, je te parle. Tu m'entends ? Je n'arrive pas à penser à toi au passé.

Je me souviens que nous étions en pleine nature pour ces vacances dans les dunes du Sud-Ouest. On vous avait prêté une maison. La télévision était en panne, il n'y avait pas d'ordinateur et pas de connexion Internet. Dans ma chambre, il y avait plus de livres que de fringues. Alors je partais tous les jours dans les dunes avec Arsène. Je ne me doutais pas qu'un jour j'inventerais une aventure à sa mesure et surtout que le bonheur peut être si fragile, même quand on vit dans un temps où tout ce qui est difficile paraît très loin : l'âge de travailler ou celui de quitter ses parents. Et surtout il n'y a pas d'âge pour mourir, mais personne ne me l'avait dit.

Anna me serre à son tour dans ses bras, je sens qu'elle voudrait me donner quelque chose de plus. Elle glisse à mon bras son bracelet. C'est son préféré, je le sais, mais elle me chuchote qu'il va me protéger, qu'il va me porter bonheur... Brusquement, elle se mord les lèvres quand elle se rend compte de ce qu'elle est en train de me dire. C'est vrai que le bonheur...

Gaspard a mis sur pied un certain nombre de règles pour toute la tribu. Au cas où les parents iraient faire un petit tour dans les répertoires, je suis désormais enregistrée sous un nouveau nom. Je m'appelle Lou. Gaspard a même envisagé qu'un des parents puisse m'appeler. Ça me fait peur. Je suis sûre qu'il ne manquerait pas de reconnaître ma voix au téléphone. Gaspard n'est pas de mon avis. Les parents sont sourds, dit-il. Ils n'ont aucune oreille musicale. L'autre musicien de la bande, Jimmy, approuve.

Je m'aperçois que je ne supporte plus qu'on me parle des parents, de leurs défauts, de leur tendance à nous empoisonner la vie. Maintenant que je n'en ai plus, la seule chose que j'entends dans ces reproches, c'est l'absence des miens.

La porte s'est refermée et le train s'en va. Ça y est, je suis partie. Une nouvelle vie commence, pense la fille qui va se faire arrêter à Tours par les gendarmes. N'importe quoi ! Ils ne savent pas encore que je ne vais pas rentrer. Dans quelques heures, je serai à Irun. J'aurais passé la frontière, repris un autre train. Je ne sais rien de ce qui peut se passer quand on est recherché pour fugue ou pour disparition. Peut-être que c'est mieux que je ne le sache pas ! De toute façon, j'ai disparu de ma propre vie. Je ne serai plus jamais comme les autres. Je ne quitterai jamais mes parents. Ce sont eux qui sont partis, et moi, je suis en voyage.

Je me sens épuisée... Comme si j'étais vieille soudain. Tout s'est fait si vite. Ils ont tous été formidables, mais je me dis que j'aurais dû prendre des notes. Je ne sais pas si j'ai bien tout enregistré. Gaspard s'est transformé en coach pour fugueuse inexpérimentée et, maintenant que je suis seule, je me demande si je n'ai pas raté un chapitre de ses précieux conseils. Je les imagine là-bas, tous sur le quai, j'ai encore envie de pleurer. À partir de maintenant, je suis une fugitive, mais personne ne le sait encore, à part mes amis et moi.

Le plus terrible, c'est que je n'ai même pas la sensation d'avoir une liberté sans limites. Peut-être que la vraie liberté, c'est de ne pas se savoir seul quand on part. Dans les sujets de philo du bac, il y avait : « Quand peut-on se sentir libre ? » Je ne l'ai pas pris celui-là. Quand je l'ai lu, il m'a sauté à la gueule.

C'était un des premiers trucs que je leur avais hurlé un jour où ils m'avaient refusé une sortie. « Un jour, je serai libre ! » Et je me souviens que mon père m'avait répondu en riant : « Mais j'espère bien, ma petite chérie. » Il ne savait pas ce qu'il disait !

Toute l'année, j'ai adoré les cours de philosophie, mais à chaque devoir, j'ai choisi de m'appuyer sur un texte. Et je sais pourquoi maintenant. La liberté, c'est quand on peut partir en ne s'appuyant sur rien. Sinon, c'est l'abandon. Dire que j'avais horreur de ceux qui s'apitoient sur leur sort !

À 15 h 43, je serai à Irun. J'aurai passé la frontière. Ils ne s'inquiéteront vraiment que vers 19 ou

20 heures. Je serai déjà dans le train pour Madrid. Une sale pensée me fait imaginer des policiers espagnols postés sur le quai pour m'accueillir à l'arrivée du train. Ils me mettent les menottes, et zou, retour chez pépé mémé... Ce que c'est pénible d'avoir trop d'imagination !

Est-ce que mon hébergement fonctionnera à Madrid ? Tout est plus compliqué maintenant. J'ai beau me dire d'arrêter de prévoir, je ne peux pas m'en empêcher. Il ne faut pas penser à tout ça maintenant. Ma vie tient tout entière dans mon sac à dos et je dois avoir confiance. Mais en qui ?

Il n'y a pas si longtemps, j'ai lu un livre qui m'a impressionnée : un garçon de quinze ans au destin incroyable s'embarquait pour l'Amérique au début du XXe siècle. Ben voilà. J'y suis. Seulement, il n'y a ni pages ni couverture, c'est moi et ma destinée. Et en plus, je suis une fille. Je crois que je devrais m'en sortir mieux, ou plus mal que lui. Sauf que moi, je ne suis pas l'héroïne d'un bouquin et je ne serai sauvée par rien.

Comment fait-on pour examiner les gens autour de soi sans avoir l'air de les suspecter, sans apparaître comme une coupable qui s'est enfuie de chez elle ? Ils ont pourtant l'air inoffensif et je remarque que depuis que je suis brune, j'attire moins les regards. Dans le wagon, un couple de vieux parle des petits-enfants qu'ils viennent de quitter et qui les rejoindront à Hendaye pour les vacances. En face de moi, une Espagnole mange consciencieusement son énorme sandwich. Elle est déjà *gordita*, comme disait ma mère.

Pourquoi les humains sont-ils toujours en train de s'empiffrer de nourritures trop riches qu'ils auraient dû éviter s'ils s'étaient sérieusement regardés dans la glace avant ? Facile à dire. Moi, je suis super mince et j'ai une boule à l'estomac qui m'empêche de déguster un repas normal depuis plusieurs semaines.

Il fait doux et chaud dans ce wagon. Je me détends et, pour la première fois depuis que mes parents sont morts, j'ai l'impression de glisser doucement dans le sommeil. Jusqu'à maintenant, je tombais chaque soir dans l'inconscience après avoir franchi un gouffre de larmes. Je me réveille à Bordeaux. Deux hommes sont montés dans le wagon. Ils se sont installés à proximité. Je les surveille du coin de l'œil. Je m'aperçois que d'autres viennent les rejoindre pour parler du travail qui les attend à leur arrivée. J'ai faim. C'est nouveau et ça me fait presque sourire. Je fouille dans mon sac où les amis m'ont glissé un sandwich et une bouteille de Coca. C'est bon. Je n'ai pas envie de bouger. Je voudrais que ce train m'emmène le plus loin possible. « N'importe où hors du monde », comme aurait dit Baudelaire. Et une fois arrivée, je descendrais du train pour faire ma vie, sans peur d'être rattrapée par des adultes qui ne me sont rien mais veulent que je respecte ce qu'ils ont décidé pour moi.

Une fois rassasiée, je replonge dans le sommeil. Les événements récents deviennent un brouhaha intérieur peuplé de mauvais rêves. L'inquiétude me sort de ma torpeur. Juste avant de jeter le sachet qui contenait mon déjeuner, je m'aperçois qu'une main bienveillante y a glissé une tablette de chocolat blanc à la noix de coco. C'est Gaspard. Je souris. C'est le cadeau d'anniversaire que nous nous faisions chaque année. Et je ne serai pas là pour son anniversaire dans une semaine, ni j'espère pour le mien, dans neuf mois ! Je serai où, dans neuf mois ? À nouveau les larmes sont au bord de mes paupières. Pour de petits détails comme celui-là, je me mets à penser : pourquoi n'étais-je pas dans l'avion avec eux ?

On arrive à Irun. J'ai douze minutes pour sauter dans le train de Madrid. Est-ce le fait de bouger ? J'ai mal à l'estomac. Je pense à ce soir : ils s'apercevront que je suis partie. Et alors, qu'est-ce que ça change pour moi ?

Une fois installée dans ce nouveau train, je prends ma musique, Hugh Coltman. J'écoute *Sixteen*. Je le remets encore. En boucle. Je m'endors avec. Je décide de choisir une musique par jour. Ce sera la couleur de ma journée. Je prends un petit carnet vierge que m'avait offert maman. Elle aimait bien me rapporter des petits cadeaux pour rien, parfois en allant chercher le pain ou de nouvelles peintures. Je note : 5 septembre, mon film préféré, il est de circonstance : *Le Premier Jour du reste de ta vie*. La musique d'aujourd'hui, *Sixteen*. Je note aussi la phrase d'Henri Calet que papa aimait citer quand nous écoutions des musiciens qui avaient le vague à l'âme : « Ne me secouez pas, je suis plein de larmes. »

Il connaissait plein d'aphorismes par cœur et se souvenait toujours du type qui les avait écrits. Pendant l'année de terminale, il a révisé avec moi le programme de philo. Il avait l'air d'y prendre beaucoup de plaisir. J'avais le sentiment que nous avions des discussions essentielles que nous n'avions jamais eues auparavant. Pourquoi on ne nous parle pas plus tôt de philosophie à l'école, au lieu de nous prendre la tête avec des tas de conneries, l'instruction civique par exemple ?

Dans ce train qui me mène vers nulle part, de drôles de pensées me viennent. Me voici condamnée à ne pas voyager vers l'oubli. J'ai quitté mes meilleurs amis, je n'ai plus de parents, plus d'école, pourtant j'y crois ferme. Là, tout de suite, et pour je ne sais quelle raison inconnue, je me dis que j'ai un putain d'avenir.

En cherchant un pull, je découvre un livre que Gaspard a glissé dans mon sac avec le chocolat blanc. *L'Attrape-Cœur*, comme le nom de la librairie préférée de maman à Montmartre. Gaspard, c'est le plus sensible de la bande. C'est toujours lui qui nous fait lire certains romans ou découvrir des musiques que personne ne connaît. Des groupes improbables de rock aborigène. Papa aimait beaucoup Gaspard. Il essayait toujours de savoir si c'était mon amoureux. Je protestais, exaspérée. « Papa ! C'est mon ami. »

Est-ce qu'un jour j'oublierai tout ce qui m'insupportait en lui ? Ça n'a tellement plus d'importance maintenant.

Une femme regarde le quai d'un air désespéré. Le train vient de partir. Peut-être a-t-elle quitté quelqu'un qu'elle aime ? Et moi, qui vais-je aimer ?

« Voyons les choses de façon positive », comme l'a dit ce matin Lucille, j'ai la chance de ne pas être la fille de Johnny Hallyday. On ne parlera pas de moi dans les journaux. J'imagine ce que j'aurais pu vivre. *La fille du célèbre musicien de jazz Pierre Murrel a disparu après le crash de l'avion de ses parents. Elle s'est enfuie de la maison de ses grands-parents où elle était détenue suite à une décision stupide d'un juge totalement borné qui ignore que les liens de sang n'ont rien à voir avec les liens du cœur...* Avec photos et tout le toutim...

Papa était pianiste et ne chantait pas en concert et pourtant, quelle voix il avait ! Je me souviens de ces impros, quand il descendait bas dans les graves et faisait une seconde voix. Il plaisantait en disant qu'il allait nous faire le « contre le chant ». Est-ce qu'avec les années qui passent, je ne me souviendrai même plus du son de sa voix ?

Quand il partait sans nous et nous appelait, je sautais sur le téléphone pour l'entendre me dire de sa belle voix grave : « C'est ma petite chérie ? » Au bout d'un quart d'heure, il me sermonnait gentiment : « Ma Nina, arrête de squatter l'appareil, passe-moi ta mère. »

C'est terrible : depuis que je suis dans le train, c'est comme si tous mes souvenirs remontaient en même temps, comme un trop-plein d'amour, de tendresse. Comme si chez mes grands-parents ma mémoire s'était tenue à distance, empêchée. Ça me ravage le ventre et l'estomac. Puis tout se change en eau salée. Je me replie derrière mon rideau de larmes et une soudaine pensée me transperce. Ceux qui fuient ou fuguent partent vers leur retour. Ils quittent ceux qui les exaspèrent pour leur délivrer le message de leur mal-être. Ils espèrent qu'il passera. Moi, je ne suis pas partie pour que des adultes ouvrent les yeux. Je n'attends rien d'eux. Je pars pour moi. Je réapparaîtrai quand je serai des leurs et que j'aurai atteint l'âge de ne plus me cacher. En attendant il me faut devenir invisible.

La lumière est belle. Par la fenêtre, un paysage désertique défile, puis à nouveau des arbres. Ce n'est pas possible de ne plus exister. C'est si réel tout ça... Où va-t-on après ? Ça ressemble à quoi ? J'espère que c'est comme Central Park en automne. On y faisait des pique-niques avec les écureuils. Un jour, là-bas, un ami de papa m'a montré un film. Avec lui et deux autres musiciens, ils avaient entonné *Is'nt She Lovely* au-dessus de mon berceau. C'était assez drôle, je les regardais, les yeux grands ouverts. Ils chantaient très doucement et papa s'étranglait un peu dans sa voix de basse. Maman avait l'air fatiguée, mais elle était très belle.

Par la fenêtre, les terres sont maintenant rouges, comme si le paysage me parlait. Le train s'est arrêté ; un homme s'est assis en face de moi. Il est sûrement jeune, mais il a l'air vieux. Le train repart et les paysages de vigne me font penser à la Toscane. Je ne suis jamais venue ici. C'était en avion qu'on allait à Madrid, à Barcelone ou à Séville. Je ne le prendrai plus jamais cet engin. Il paraît qu'on a pourtant moins de probabilités de mourir dans une catastrophe aérienne que sur une autoroute. Mais qu'est-ce qu'on s'en fout des statistiques quand il y a les deux personnes qu'on aime le plus au monde dans l'avion qui tombe ?

L'homme en face de moi manipule des cartes. Les quelques cheveux qui restent sont courts et très blonds, quelques épis, un drôle de visage très mobile. Il me sourit et sans un mot me tend le jeu pour que je choisisse. Je renifle, ravale les larmes que je sentais venir. Je n'ai pas envie de jouer. Je prends une carte quand même et il la retourne pour me la montrer. Puis il la remet dans le jeu et, après un petit signe, la fait jaillir en l'air. Soudain, il se penche vers moi, et sort une petite balle de derrière mon oreille. J'ai eu un geste de recul, mais c'est comme s'il ne s'en était pas aperçu. Il fait jaillir des objets de n'importe où autour de nous. Je souris. Il a l'air content. Il n'a pas dit un mot, mais pousse un soupir de soulagement.

— J'avais peur de ne pas y arriver.
— À quoi ?
— À faire revenir votre gaieté. Je déteste les femmes tristes.

C'est compliqué d'être cette nouvelle fille qui ressemble à un garçon et de savoir que je suis différente de ce que j'étais avant, dans mon autre vie. Il n'a pas l'air de m'avoir prise pour un garçon et je lui en fais la remarque. Il me regarde d'un air pensif.

— Vous a-t-on déjà traitée de garçon manqué dans votre famille ?

J'acquiesce et fais une entrée royale dans le monde des mensonges. Me voici en terre inconnue, mais ce n'est pas si difficile.

— Oui, c'est à peu près ça.
— Vous savez ce que c'est un garçon manqué ?

Il me laisse réfléchir.

— C'est une fille réussie ! Bon, il fait soif ici ! On va boire quelque chose ?

Je sais qu'il faut que je me méfie, mais j'ai envie d'accepter. Après tout, je ne suis pas obligée de lui raconter ma vie. C'est beaucoup plus difficile que ça en a l'air de ne pas se trahir quand on est habituée à être sincère.

Pour ne pas m'enferrer, voire me trahir, je décide d'en être au même point, à un gros détail près. Je voyage en train, et mes parents sont toujours vivants. Je peux parler d'eux sans les mettre au passé. Je suis encore dans ma famille, mon père et ma mère existent... Du coup, ça me fait un bien fou cette conversation.

Il a dit : « C'est ma tournée, je vous offre un verre. » Je prends un chocolat chaud, comme une façon de dire au revoir à l'enfance. Ça le fait sourire. Il donne un billet de dix euros au serveur SNCF puis, en secouant la main, il le transforme en billets de vingt, puis en billets de cinq. Je ris vraiment cette fois, tandis que le type se fâche sans comprendre qu'il a devant lui un magicien. Pour lui, c'est juste un emmerdeur. À ses côtés, un garçon portant un badge de stagiaire se marre franchement. Son chef est encore plus en colère. Il a l'impression qu'on se fiche de lui. J'essaye de l'amadouer.

— Il s'exerce, monsieur, c'est un grand magicien, vous savez.

Mon nouveau compagnon me fait un clin d'œil, puis se désole.

— La magie, la poésie, tout ça disparaît pour laisser les humains évoluer dans un monde de brutes qu'ils n'ont pas l'air d'avoir choisi.

Nous retournons à nos places. Quelques heures plus tard, mon accompagnateur de cirque a quitté le wagon, comme s'il disparaissait. Quand je me réveille, je trouve une petite balle jaune posée sur mon sac. Je me rendors et me réveille en sursaut juste avant d'arriver à Madrid. Je n'ai pourtant pas rêvé. Une voix a dit : « Nous remercions les voyageurs qui ont emprunté nos lignes pour un voyage où tout ne fut que luxe, calme et volupté... » Même si l'espagnol n'est pas ma première langue, je suis sûr d'avoir bien compris cette phrase. Et maintenant que je suis mieux réveillée, je suis sûre d'avoir reconnu la voix du stagiaire. Il va sûrement se prendre un savon celui-là !

Je vérifie pour la quarantième fois que j'ai bien dans ma poche le papier sur lequel est notée l'adresse du frère d'Anna. Une fois sur le quai, je respire. Pas de flics. Il est 21 h 52 et depuis deux heures, je devrais être rentrée. Je n'entendrai pas mon portable sonner pour la cinquième fois, il est dans une poubelle entre Versailles et Paris. J'ai frissonné en le jetant. Dedans, il y avait les numéros de papa et maman. *Supprimer le contact...* Je préfère avoir jeté le téléphone entier. Je ne verrai plus leur photo apparaître sur les musiques paternelles. Désormais, j'ai des cartes jetables et un numéro que personne ne peut tracer. Je suis une fugitive, mais le danger est pour moi. Il paraît que la police ne recherche pas les mineurs avant vingt-quatre heures. Nombre d'adolescents qui fuguent rentrent chez eux le lendemain ! C'est encore Gaspard qui m'a glissé cette information quand nous étions sur le chemin de la gare. Il le sait parce qu'il a des potes qui ont abandonné le domicile familial suite à un désaccord.

Je donnerais très cher pour m'être seulement disputée avec mes parents ! Comme j'aimerais pouvoir dire, ils m'emmerdent, mais finalement j'y retourne, parce qu'en attendant l'âge adulte, il n'y a pas de meilleur endroit qu'entre ces deux-là qui m'empêchent de vivre ma vie ! Les autres ne savent pas ce que c'est de ne plus avoir le choix. Encore un sujet de philosophie de l'année dernière : « Que signifie avoir le choix ? » Du coup, je commence à comprendre pourquoi le professeur nous disait que la philosophie, c'est l'expérience humaine qui la forge.

Chapitre 3

Madrid

J'ai trouvé l'adresse de l'appartement du frère d'Anna. Quand j'arrive dans sa rue, j'ai la surprise de me retrouver devant l'hôtel Monaco, celui où nous étions descendus avec mes parents. Il faisait quarante degrés, c'était l'été. Il n'y avait pas de climatisation, mais c'était sans doute le seul hôtel où il restait encore de la place. Je devais avoir une dizaine d'années et mes parents ne pouvaient pas m'expliquer que cet hôtel était une ancienne maison close. Notre chambre était un vrai palais des glaces. J'ai joué à la princesse toute la soirée. Ma préférence allait à cet immense miroir rond placé au-dessus du lit de mes parents. Je ne savais pas non plus que nous habitions dans le quartier gay de la ville. Le lendemain matin, quand nous sommes sortis de l'hôtel, un type marchait sur le trottoir, en kilt. Il tenait au bout d'une laisse un autre homme. Je me souviens de ce spectacle incroyable et des questions qui me sont venues immédiatement :

« Dis papa, pourquoi le monsieur est en jupe ? Pourquoi son chien est un autre monsieur ? » À la fois sidérés et morts de rire, mes parents n'arrivaient pas à me répondre de façon cohérente.

Je fixe la porte d'entrée de l'hôtel et je ris toute seule. C'est un peu comme si mes parents m'adressaient un petit clin d'œil à mon arrivée à Madrid car nous avons reparlé de cette anecdote il y a deux mois à peine. L'appartement du frère d'Anna aurait pu se trouver n'importe où ailleurs dans la ville. C'était quoi déjà cette belle phrase d'Euripide que nous avions eue comme sujet au bac blanc ? Il faut tenir le hasard pour un dieu et ?... J'ai oublié la suite... Je fais le code, je monte au quatrième étage. Il n'y a personne. J'ai beau tambouriner, personne n'ouvre et en collant mon oreille à la porte je ne perçois aucun bruit. Je me laisse tomber sur une marche. Pas envie de bouger.

C'est ça être seule. Être complètement responsable de la suite des événements, n'avoir aucun recours, inventer une vie pour soi-même. Je remets mon casque. *Sixteen.* Je ferme les yeux, la tête appuyée sur le mur douteux de la cage d'escalier. Musique, apaisement immédiat.

Dans les contes, il y a toujours un moment où l'orpheline crie au secours, pleurniche en solitaire au fond d'un jardin, et c'est là qu'apparaît une marraine scintillante avec baguette magique, solutions à gogo et tout le toutim. Mais là, rien ! Et pourtant, moi, je ne pleure pas pour rencontrer un prince charmant pété de thunes ou avoir une jolie robe pour aller au bal ! J'aurais juste voulu qu'on me fiche la paix, habiter avec ma meilleure amie, tenter de continuer à vivre avec ce qui me restait : mes copains, mon quartier, ma péniche, et ne pas être obligée de fuir les deux sorciers de Versailles qu'on m'a collés comme tuteurs.

— Nina ? Tu es là-haut ? Nina ?...
Je retire mon casque. Je réponds. J'ai finalement mieux géré ce moment que je ne l'aurais cru. Frank me rejoint tout essoufflé.
— Désolé, je suis allé te chercher à la gare. Je pensais te trouver là-bas.
— Avec mon nouveau look, si ça se trouve, je suis passée devant toi.
— C'est vrai que ça te change ! Bon, dépêchons-nous, tu poses tes affaires et nous rejoignons les autres dans un bar à tapas. Tu verras, ça va te plaire.

Mentalement, je le remercie de ne pas parler de mes parents. Il m'attribue la chambre d'une des colocataires partie pour le week-end. Si je m'écoutais, je m'écroulerais sur le lit et je dormirais tout de suite, mais il n'a pas l'air de vouloir me laisser seule dans l'appartement. Quelque chose me souffle que ça me fera du bien de sortir. Durant le petit trajet qui nous mène jusqu'au groupe de ses copains, Frank me fait un résumé de sa vie à Madrid. J'en profite pour lui demander de continuer à être discret sur ma fuite. Nous garderons une version officielle : je vais rejoindre des cousins espagnols en Andalousie et ma route passait par là.
Partout dans les rues, les trottoirs débordent de filles et de types qui discutent, un verre à la main, et s'interpellent en plaisantant. Parfois, il y a de la musique. Un peu plus loin, d'autres groupes de gens, aussi gais mais plus âgés, ont comme les autres l'air

de fêter quelque chose. On dirait un jour de vacances dans le Sud.

— Tous les soirs, à partir de 18 heures, c'est comme ça, me fait remarquer Frank en voyant mon regard étonné. Les Espagnols ne sont jamais chez eux dans la soirée, ils dînent plus tard vers 22 heures et se retrouvent toujours entre amis à l'extérieur. Ensuite les plus jeunes vont en boîte et les autres rentrent avec leurs enfants. C'est une coutume que je vais avoir du mal à abandonner quand je vais revenir en France !

Nous nous frayons un chemin jusqu'à une table où une dizaine de filles et de garçons bavardent en espagnol, en anglais et en français. Frank me présente rapidement, et je me retrouve tout de suite avec un verre de bière à la main. Je n'ose pas dire que je déteste cette boisson et je pioche dans une assiette de tapas. Je n'ai rien avalé depuis mon sandwich du train et je suis morte de faim. J'étais un peu angoissée en me disant qu'ils allaient tous se demander où Frank avait pu piocher cette petite lycéenne, mais je suis chaleureusement accueillie. Au bout d'une heure, je goûte la sangria, je me régale de *camarones* et je trouve que la vie est nettement plus gaie que celle du début de mon voyage. J'écoute ce qu'ils se racontent, leurs histoires de vie ici, les commentaires des garçons sur les Espagnoles et sur les coutumes de vie des Madrilènes. Mon voisin s'appelle Alex, il vient de Londres, mais sa mère est d'origine espagnole. Je reconnais la voix du chanteur et, comme Alex n'a pas l'air de le connaître, je lui apprends que nous sommes en train d'écouter Ketama, qui chante la version espagnole de *Flor de Lis*, une chanson brésilienne de Djavan. Il adore la musique brésilienne, il joue un peu de guitare. Nous alternons l'anglais et l'espagnol. C'est un joyeux mélange, comme la bière et la sangria, et je ne sais plus trop à quel moment nous changeons de bar... Je ne me souviens pas d'être rentrée à l'appartement, pourtant je me revois en train de manger des pâtes au pesto assise par terre dans le salon. J'ouvre un œil, j'ai du plomb sur les paupières et je vois qu'il fait jour comme s'il était midi. Il y a un réveil sur la table de nuit, juste sous mon nez. Il est midi ! À ce moment-là quelque chose grogne à côté de moi et un bras se referme sur mon buste tandis qu'une bouche m'embrasse tendrement dans le cou. Je suis terrifiée. Voilà à peine vingt-quatre heures que je suis responsable de moi-même et je suis déjà dans les bras d'un garçon avec à peu près aucun souvenir de ma soirée de la veille. J'hésite entre le fou rire et la consternation. Et surtout, je n'ose plus bouger de peur de le tirer de son sommeil avant d'avoir réfléchi à ce que je vais pouvoir lui dire... voire lui poser comme questions. Tiens, salut. Heu, vous pourriez me dire ce que nous foutons ensemble et si quelque chose de pas conforme à mon âge et à mon voyage a été commis hier soir ? Ridicule. Je me sens stupide et pas fière de moi. Il entrouvre un œil. Je ne trouve rien à lui dire. Je le regarde et je le trouve assez mignon. Donc ça veut dire que même sous l'effet de l'alcool, je contrôle quand même la situation. J'aurais pu me retrouver dans les bras de Quasimodo ! Il ouvre les deux yeux cette fois et me sourit.

— *Hi Lou. How are you today ? Diga me.*
Au moins je n'ai pas révélé mon vrai prénom.

— J'ai la *cabeza* comme une citrouille, mais à part ça tout va bien... Enfin j'espère, dis-je en français.

Puis je me rends compte qu'il ne comprend rien et je fais l'effort de lui répondre en espagnol. En ce qui concerne la veille, je finis par comprendre que je me suis écroulée en larmes dans ses bras vers 4 heures du matin et qu'il m'a emmenée dans ma chambre pour me consoler, avant de sombrer à mes côtés. Rassurée, je m'étire doucement pour essayer de récupérer mes esprits et, soudain, je me demande ce que Frank a bien pu penser de la copine de sa petite sœur. Pour le train, c'est râpé. Je l'ai loupé et je n'ai plus qu'à espérer m'en faire rembourser une partie. Je saute sur mes pieds et bondis dans la salle de bains. Quand je reviens dans la chambre, ragaillardie par la douche, mon inconnu de la veille a rapporté un plateau avec tout ce qu'il faut pour le petit déjeuner. Je le remercie tout en marmonnant que je ne me souviens plus de son prénom. Je me sens minable ! Ça n'a pas l'air de le troubler.

— Jeff... Tu m'as même dit que ça te plaisait bien hier soir. Et toi, c'est Lou ou Nina finalement ?

Ah, je ne suis peut-être pas aussi douée que je le pensais !

J'ai du mal à lutter contre l'envie de téléphoner à Lucille ou Gaspard. Je voudrais savoir s'ils ont des nouvelles de ma disparition, mais j'ai peur de me faire repérer. Nous avions décidé qu'ils ne devaient pas m'appeler tout de suite ; il faut que je sois patiente. J'avale le petit déjeuner que m'a préparé Jeff tandis qu'il me regarde en souriant. Il a l'air vraiment gentil, mais il tombe mal. Avant, j'aurais adoré rencontrer un type comme lui et vivre ce que je crois avoir vécu hier soir. Mais là, d'une part je ne m'en souviens plus, et d'autre part mon esprit et mon cœur ne sont pas disponibles. Il n'y a plus que ma capacité de raisonnement qui soit au rendez-vous.

Je referme mon sac et je m'entends lui dire « *Thanks for your help. I have to go to the station. I missed my train.* » Il propose de m'accompagner. J'hésite un peu, puis je finis par accepter. La perspective de porter mon sac me semble insurmontable ce matin. J'ai encore un fond de mal de tête malgré l'aspirine que j'ai avalée avec le café. Je dis un au revoir général à ceux que je croise. Frank n'est pas là. Je glisse un petit mot sous sa porte pour le remercier. À la gare, j'envoie Jeff m'acheter un sandwich afin de changer mon billet sans qu'il voie ma destination. Quand il revient, je lui baragouine que je préfère qu'on se quitte là et que je n'aime pas les adieux dans les gares. Je commence à mentir de façon si naturelle que ça me renverse. Il me serre dans ses bras et pose ses lèvres sur les miennes, comme si on sortait ensemble depuis longtemps. Wouah, quel voyage ! souffle une petite voix moqueuse dans ma tête.

— Dis-moi, Jeff, il ne s'est vraiment rien passé entre nous cette nuit ?

Il me regarde d'un air malicieux avant de m'assener :

— Moi, en général, j'évite les relations sexuelles avec une morte...

Juste avant que mon train n'arrive, je me laisse aller tout contre lui, comme si je prenais des forces de tendresse pour la suite de mon voyage. En rejoignant le quai du train qui va m'emporter à Séville, un peu troublée, je touche mes lèvres. Je me dis que la vie m'a fait un joli clin d'œil et que cette soirée m'a fait un bien fou, même si je suis complètement à l'ouest. Je monte dans le compartiment et, avant que la porte se referme, j'ai juste le temps de voir Jeff debout sur l'autre quai qui me fait un grand signe avec le bras et m'envoie un baiser. Une scène très touchante, comme aurait dit mon père quand il trouvait un film pathétique. Si tout va bien, je devrais retrouver Marsilio ce soir.

Merde, je deviens complètement cynique.

Ma chérie,

Tu es la seule femme, petite femme que j'ai appelée ma chérie. Ta mère était mon amour. Quand tu n'étais qu'un tout petit bébé de cinq kilos, tu étais toute ronde et je t'appelais ma petite barrique. Ça ne plaisait pas du tout à Eva. Je te jouais les morceaux que je venais de composer. Je t'endormais chaque soir avec mon piano, je te chantais Le loup, la biche et le chevalier. *Et quelques mois plus tard, quand j'ai vu tes yeux briller dans la pénombre aux premiers accords de la chanson, j'ai su que tu la reconnaissais. Parfois, tu désirais que je te joue un morceau de guitare, pour que je sois assis près de toi sur le lit. La musique était ton tapis volant pour le pays du sommeil. Je te regardais grandir, je devrais dire pousser comme une petite plante, épanouie, gracieuse et sensible. Je ne sais pas si c'est l'adversité ou l'harmonie qui construit ce que nous sommes, ce que nous devenons. Parfois, je me demandais comment j'aurais vécu si j'avais eu des parents musiciens ou peintres comme ta maman.* Mais cette question était trop douloureuse. Mes parents avaient une approche culturelle et intellectuelle de la musique. Il fallait avoir l'enregistrement de Karayan à Vienne, assister à tel concert classique dans telle salle prestigieuse, faire le voyage pour le festival le plus en vue. Le reste : l'émotion, l'écoute, c'est-à-dire l'essentiel, importait peu. Ils n'entendaient rien. Ils s'écoutaient discourir à propos de la musique. Les seules notes qui comptaient vraiment pour eux étaient celles que je devais rapporter de l'école, et qui devaient se placer très au-dessus de la moyenne. Contrairement à eux, je n'avais pas envie d'exiger quoi que ce soit de toi. Juste que tu sois heureuse. Je te regarde écouter ce musicien ce soir, concentrée, émouvante les yeux fermés, et tout mon amour fait une ronde de protection autour de toi.

Chapitre 4

Séville

Je ne sais pas pourquoi le train me fait cet effet soporifique. À peine installée sur la banquette, je plonge dans un profond sommeil. Quand je m'éveille, tout le monde descend. Nous sommes arrivés à Séville, et moi j'ai l'impression d'être un peu partie. Il fait trente-trois degrés; une raison magnifique d'avoir quitté Paris. Je vais sécher l'année scolaire et je suis en vacances. Voilà, il suffit d'envisager les choses sous le bon angle. Mais qu'est-ce qui me prend tout à coup? On dirait que je retrouve une certaine légèreté. Est-ce le fait d'arpenter à nouveau ces rues de Séville? Elles me sont familières et tout à la fois étrangères. Je mets longtemps à comprendre ce qui a bien pu changer dans ce vieux quartier que j'aimais. Rien du tout! Seul a disparu ce parfum de fleurs d'oranger qui flottait dans les patios et se répandait dans les ruelles la dernière fois que je suis venue. Un vieux marchand m'offre une orange et me demande si je suis perdue. Je pense oui et je dis non. Je me laisse emporter par le hasard. Après tout, c'est le meilleur moyen de vérifier s'ils veillent vraiment sur moi, mes disparus. Est-ce qu'ils me voient ? Est-ce qu'ils approuvent mon départ fou ? Est-ce qu'ils s'inquiètent ?

Quartier de Triana, je m'assois Plaza Altozano, au bord du Guadalquivir. C'est la fin de l'après-midi et je ne sais pas où je vais dormir ce soir si je ne retrouve pas tout de suite la rue de l'appartement de Marsilio. Calle San Jorge. Je reconnais la *peña* Trianera. Marsilio y allait et même il y dansait parfois. Je suis sûre que je vais retrouver la Calle Pureza. À partir de la chapelle de *los marineros*, je sais aller chez Marsilio. Je me croyais plus détendue, mais j'ai maintenant le cœur qui bat à tout rompre. Les questions que je ne voulais pas me poser dans le train m'envahissent : et s'il n'habite plus là ? Et si aucun voisin ne sait ce qu'il est devenu ? Je glisse déjà la main dans la poche de mon jean pour sentir la présence de la carte du bar où il dansait le soir. Mais ensuite, que me restera-t-il comme solution si je ne le trouve pas ? J'arrive devant la chapelle. Une voix de femme me prend aux tripes. Elle vient de l'intérieur de l'église. Éraillée, graveleuse, presque fausse, elle monte du ventre et déchire la fin de cet après-midi ensoleillé. Puis le chant des guitares s'élève et me donne tout de suite envie de pleurer. J'entre dans la chapelle. C'est un mariage gitan. Je me glisse tout au fond, sans perdre une miette du spectacle. Je sais que je devrais chercher l'appartement de Marsilio, mais c'est si beau que je reste là. Personne ne fait attention à moi. Je ne suis pas la seule intruse. D'autres sont entrés dans l'église et, comme moi, écoutent le chant de la *novia* à son futur mari. L'assistance rythme la musique avec de douces *palmas*.

Mes parents n'étaient pas mariés, mais je n'ai jamais su pourquoi. Parfois, ils en riaient et me disaient qu'ils attendaient que je sois grande pour célébrer leur mariage pour mes dix-huit ans. Est-ce que j'aurai peur maintenant et pour toute ma vie de ne pas pouvoir faire les choses avant de disparaître ? Est-ce que ceux qui ont perdu leurs parents très jeunes sont condamnés à vivre dans l'urgence avant qu'il ne soit trop tard ? Une nouvelle façon de regarder ma vie m'apparaît. Je commence à me poser des questions qui n'existaient pas pour moi avant.

Mon cœur devient plus aérien à mesure que ce chant lancinant s'empare de mon être. J'assiste à toute la cérémonie avec autant de ferveur que s'il s'agissait de ma famille. Chaque mélodie me remplit d'émotion. Joie ou tristesse, je ne sais plus très bien si je pleure mes parents disparus dans les envolées rauques de la *misa flamenca*, ou si je souris à l'avenir que m'offre le hasard de cette cérémonie.

Je sors de l'église avant le cortège, je veux les voir danser dans les rayons du soleil qui décline. Ils sont heureux et leur bonheur me fait du bien. Ceux du cortège dansent à leurs côtés et leur jettent des amandes, des pétales de rose. Les musiciens se sont postés autour du grand porche avec les guitares, l'un d'entre eux est assis sur la drôle de petite boîte en bois qu'il martèle de ses doigts pour donner le tempo, le *compas* comme ils l'appellent.

La mariée a un diadème un peu nunuche et le marié un costume blanc immaculé. Je pense qu'avec mes amies nous aurions trouvé leurs tenues ridicules, mais dans ce décor, cela va si bien que je n'en suis pas si sûre. Tous les hommes sont en blanc; ils entourent et congratulent le marié. J'essaye d'imaginer Marsilio dans un costume comme celui-là, dansant, superbe... à mes côtés. Car entendre du flamenco me donne l'envie de le danser à nouveau. Je me surprends à faire des *palmas* avec les autres, à sentir le rythme de la *buleria* revenir dans mes talons. Et je me mets à rire de mon délire.

Tout ça me rappelle qu'avant de danser avec lui, il faudrait peut-être que je le trouve, Marsilio! Je voudrais m'éloigner tant que la musique joue encore. Avoir l'impression de quitter une fête que je pourrai retrouver plus tard. Je reprends mon sac qui me paraît plus léger.

Tout se déroule sans effort après cette musique. Rejoindre sans la chercher la rue dont je me souvenais, trouver le vieil immeuble et monter les marches quatre à quatre jusqu'au dernier étage. Son nom est encore sur la porte, je soupire. Même s'il est 19 heures et qu'il n'y a personne, je me crois sauvée. Dans la rue, je ne trouve personne qui puisse me dire à quelle heure il revient. Je finis par décider de m'acheter de quoi grignoter avant de revenir m'installer sur les marches devant sa porte. Je ne sais plus à quel moment je m'endors. Il fait noir. Une sensation de douleur transperce mon corps ankylosé. Il est 3 heures du matin. J'ai peur de sortir et je ne me vois pas errer toute la nuit avec mon sac. Je décide de finir la nuit ici. Je déplie mes vêtements, installe mon duvet. Je suis sûre que personne ne montera jusqu'à cette chambre. Il y a même un cabinet de toilette au bout du petit couloir.

Le lendemain, un petit déjeuner andalou sur une terrasse ensoleillée me réconcilie avec mes pensées optimistes. Marsilio n'est pas rentré cette nuit mais, ce soir, il sera là ; j'y crois. J'ai glissé un mot sous sa porte avec mon numéro de téléphone. J'ai décidé de revenir dormir chaque soir sur ce palier. L'accès à la salle d'eau n'est pas fermé à clé. J'économiserai une chambre d'hôtel et je ne suis pas si mal avec mon matelas d'habits et mon duvet.

Trois jours et trois nuits très longues s'écoulent ainsi au rythme de mes illusions détruites par mon désarroi croissant. J'ai trouvé un petit restaurant qui me sert de cantine et garde mon sac durant la journée. Je visite, déambule, ronge mon frein et surtout je me refuse à penser que cette situation pourrait durer longtemps. Je dors sur le palier de mon espoir. Je m'interdis le doute. J'ai maudit le téléphone qui a sonné deux fois par erreur. Je ne sais pas encore que cette nuit sera la dernière de ce côté de la porte.

— *Hey niña... Como te llamas ?* Qui es-tu ? Que fais-tu là ?

Quelqu'un me secoue. Une femme. Vite, trouver les mots en espagnol. Je bredouille « Marsilio » plusieurs fois, incapable d'aligner une suite logique pour dire que je le cherche ou demander si elle le connaît. J'ai vite la réponse. Elle glisse une clé dans la serrure, ça grince à l'ouverture, et elle me pousse à l'intérieur. Une lumière vive m'éblouit. Je suis debout devant cette femme d'une vingtaine d'années, une gitane très belle aux longs cheveux noirs, qui vient de m'ouvrir la porte de la chambre de Marsilio. D'un mouvement de tête, elle désigne un tabouret, comme si elle tenait à me dominer de sa hauteur. Elle se tient très droite comme les danseuses de flamenco, suspendues par ce fil invisible attaché au sommet de leur tête et qui les relie au ciel. Je me pose et lui dis mon vrai prénom en lorgnant le robinet de l'évier. Elle me donne un verre d'eau. Elle veut savoir qui je suis exactement, ce que je veux à Marsilio, et je réponds à ses questions sans pouvoir lui poser les miennes. Elle dit qu'elle est sa partenaire de danse, mais quand elle me scrute de ses yeux noirs aux lueurs d'acier, je comprends qu'ils sont ensemble. Elle me demande mon âge qui a l'air de la rassurer. Elle sort de sa poche le mot que j'avais glissé sous la porte et me le tend : « Il est de toi ? »

Marsilio n'est pas à Séville. Il danse dans les villages, elle ne sait pas exactement où... Il ne reviendra pas cette semaine, peut-être la semaine suivante, mais rien n'est sûr. Juana a fini par me dire son nom ; elle est plus douce maintenant que je lui ai dit que mes parents étaient amis avec Marsilio, et que mon père était... est musicien. Je me rattrape en reprenant le présent. Elle me jette de temps en temps un regard furtif, comme si elle désirait savoir si je mens, tandis que je lui laisse entendre que je ne suis pas une fiancée cachée.

Elle m'a demandé si je dansais, et j'ai prudemment répondu un peu. Elle lève un sourcil et je sens que son regard sur moi change. Tandis que je rassemble mes affaires éparpillées sur le palier, elle m'offre de rester dormir dans la chambre de Marsilio. Elle s'éclipse en me glissant gentiment : *Buena noche guapa, hasta mañana si dios quiere.* Je ne suis pas dupe. Me voilà *guapa* maintenant qu'elle a estimé que je n'avais rien d'une rivale. Elle m'a laissé les clés en me recommandant de l'attendre demain matin. Je me sens épuisée. J'ai juste envie de digérer ma peur, mon espoir enfui de retrouver Marsilio très vite et mon soulagement d'avoir maintenant rencontré quelqu'un qui le connaît. Et puis, ce n'est déjà pas si mal d'avoir un vrai lit pour la nuit, me souffle ma petite voix optimiste. Ne pense pas à la suite de l'aventure, à cette fuite qui te tient vivante et dont tu découvres les aspects les plus incertains. Tu savais bien que ce ne serait pas facile.

J'ouvre la fenêtre, un morceau de lune d'une forme incertaine me salue et j'aspire une goulée d'air frais. Parfum de la nuit. Je n'ai pas envie de décider où j'irai demain. Les expressions tziganes de Marsilio me reviennent. *Ne bondis pas hors de ton ombre.* Est-ce l'influence de cette chambre minuscule qui a tout d'une roulotte ? Abrite-t-elle son souvenir, son esprit ? *Chaque nuit souffle sur ton sommeil pour t'inspirer le voyage du lendemain.* En attendant de retrouver le sommeil qui a l'air de m'avoir quittée, j'examine les lieux. Je sais bien que je ne devrais pas, mais je ne peux m'empêcher de fureter dans les papiers de Marsilio qui envahissent sa petite table. Sur l'un d'eux, je trouve sa date de naissance. Zut alors ! Je le croyais plus jeune. Il est né en 1977. Et moi qui pensais qu'il n'avait que six ou sept ans de plus que moi ! Je m'empare d'un tee-shirt dans lequel je glisse mon nez pour y retrouver son odeur. Peine perdue, il s'en dégage un parfum fleuri de lessive espagnole.

Au mur, il y a des photos de lui et de Juana en train de danser. Je grimace. Il est encore plus beau que dans mon souvenir. Ou alors j'ai grandi et il me paraît moins inaccessible. Je m'en souviens pourtant bien, que je l'aimais comme une petite fille. Je profitais de mon statut d'enfant pour doubler les femmes qui venaient minauder autour de lui. Et lui aussi se servait de moi pour les éloigner. J'avais treize ans. Je saisis que ce n'est pas seulement lui que je suis venue chercher en fuyant mes grands-parents. C'est sa façon de voir la vie, la facilité avec laquelle je vivais dans sa famille comme si c'était la mienne. Maintenant que ma famille à moi est morte, je me dis que pour ne pas avoir peur de vivre la bohème, rien ne vaut la vie avec des bohémiens !

Je ne sais pas à quel moment je me suis assise ou allongée sur le lit. Il fait grand jour quand Juana tambourine à la porte. Elle rit de me trouver encore endormie, tout habillée, les cheveux en bataille et l'air ahuri.

— Tu as l'air d'une enfant de chez nous ! Allez dépêche-toi, je t'emmène chez moi. Un de mes frères sera là. Il sait où se trouve Marsilio. (Je regarde autour de moi et elle sourit.) La douche est sur le palier au bout du couloir… Tu es bien une *payo* toi ! Mets une jupe. Ma mère n'aime pas trop les filles en pantalon. Et puis ensuite on ira à la *peña* Torres Macarena où je danse. Tu me montreras ce que tu sais faire.

Je comprends, à l'air de Juana quand elle prononce ce nom, que c'est un lieu dont elle est fière. Je fais semblant de m'intéresser, mais c'est surtout son frère qui sait où est Marsilio qui a retenu toute mon attention. Je contiens mon impatience. Je n'ai pas oublié son regard inquisiteur d'hier soir. Dès que je suis accueillie par la mère de Juana, je retrouve l'ambiance des familles gitanes dans lesquelles j'allais avec Marsilio. Personne ne me pose de questions sur les raisons de ma présence. Peut-être que Juana leur en a parlé, mais ils sont surtout préoccupés de ce que nous allons faire dans les moments qui suivent. Ses frères demandent si je vais danser avec eux sur scène ce soir. Ils échangent un clin d'œil.

Je revois le moment où nous sommes arrivés chez les gitans la toute première fois avec mes parents. Je me souviens des soirées interminables, des enfants sales qui ne se couchaient jamais avant les adultes, des morceaux de guitare avec des combats de virtuoses, des danseurs de tout âge, des dents en or que l'on voyait dans la bouche des hommes et des femmes quand ils riaient. Je revois aussi les gros jambons que les femmes apportaient cachés dans leurs jupons. J'admirais ces grosses femmes qui semblaient si légères dès qu'elles se mettaient à danser. Les très jeunes filles aussi m'intriguaient et provoquaient en moi envie et fascination. On aurait dit qu'elles dansaient depuis qu'elles savaient marcher.

Petites déjà, elles adoptaient le port de tête de leurs mères, bombaient le torse et, levant les bras gracieusement, elles enfonçaient le sol fermement de leurs talons, marquant les contretemps sans jamais faire de faux pas. Elles étaient provocantes et on aurait dit de grandes danseuses en miniature. Quand ils chantaient, filles ou garçons avaient la même voix éraillée que leurs aînés, une même histoire déchirante s'élevait de leurs plaintes. En les regardant, on comprenait plus encore qu'auprès des adultes que ce flamenco-là était une façon de vivre et pas seulement un chant ou une danse. Les yeux des filles brillaient si fort qu'elles avaient l'air d'avoir des perles au fond du regard. J'aurais voulu leur ressembler, moi qui étais si blonde, et si timide. J'étais bien avec eux, mais partout ailleurs, quand je disais le mot gitan, on ne me parlait que de voleurs, de fêtes foraines ou de vagabonds pas fiables. J'en avais parlé à mes parents qui avaient essayé de m'expliquer pourquoi l'on rejetait les nomades. Mais leurs explications ne m'avaient pas convaincue.

Juana a l'air de m'avoir adoptée. Elle fouille dans ses robes et ses chaussures pour que je danse avec eux ce soir. Je proteste mollement que je ne m'en souviens plus, que je ne saurai pas. Elle m'écoute à peine ou hausse les épaules en émettant des petits *tsss* avec sa bouche.

— Si tu es amie avec Marsilio, c'est que tu sais danser. Il n'a pas d'amis qui ne dansent pas.

Elle me jette une robe longue et noire et une paire de *zapatos*.

— Essaye ça. Elles ne me vont plus, elles sont trop étroites, tu pourras les garder.

Sa mère a déposé sur la chaise un châle rouge.

— Tiens, petite, il ira parfaitement avec ta robe.

Je crois que c'est ce qu'elle m'a dit, mais je n'en suis pas sûre. La mère de Juana roule des galets dans sa bouche quand elle parle ; elle s'exprime avec un accent que j'ai du mal à décrypter. Juana plaisante avec son plus jeune frère et lui donne des bourrades en me regardant du coin de l'œil. Il proteste, rougit et ne me jette plus un regard. Quand les musiciens passent nous chercher, Juana me présente et leur dit que mes parents sont des amis de Marsilio. L'un des guitaristes me fixe avec insistance. Je reste tout près de Juana. Je commence à comprendre que je vais devoir danser avec eux. Je n'en ai pas très envie. Moi, je danse quand je suis gaie. Et surtout, j'ai peur de ne plus me souvenir de rien, de ne plus savoir aucun pas. Marsilio dirait, il n'y a rien à savoir, seulement écouter la musique et se laisser porter aux *sentimientos* du moment !

La petite troupe se dirige vers la *peña*. Le jeune frère de Juana vient à côté de moi et me demande si je vais rester longtemps. Il doit avoir une quinzaine d'années, peut-être même pas. Je ne sais pas quoi lui répondre. Quel est le frère de Juana qui est ami avec Marsilio ? Elle en a trois et je n'en ai vu que deux. J'ignore où est le dernier frère, mais je pense que c'est lui qui doit savoir où se trouve mon gitan préféré. Pour l'instant, je prie pour que nous répétions le minimum que Juana voudrait que je fasse pour l'accompagner. Mais quand nous arrivons, Juana me présente les percussionnistes qui tapent sur le *cajon*, cette petite caissette en bois qui fait résonner le rythme de leurs doigts tout au long des morceaux, puis elle disparaît avec l'un des guitaristes.

Le deuxième est en train de changer une corde de sa guitare. Sans quitter son instrument des yeux, il s'adresse à moi d'une voix traînante.

— C'est toi, Nina ? demande-t-il. Moi, c'est Paco. Je suis le frère aîné de Juana. Le guitariste préféré de Marsilio, ajoute-t-il en riant. Il paraît que tu le cherches ?

Je murmure un petit oui timide. Paco doit avoir la quarantaine ; il est maigre et impressionnant avec son visage coupé à la serpe et ses yeux très clairs. Ses cheveux sont longs et il a des mains très longues aussi.

Il jette un coup d'œil à la porte et me chuchote :

— Marsilio est en train de faire la cueillette du côté de Huelva, mais ma sœur ne le sait pas. Il a besoin d'argent, il a des dettes et, en ce moment, il ne gagne pas assez pour tout rembourser avec la danse. Juana aurait certainement voulu l'accompagner, alors il lui a menti. Marsilio a dit à Juana qu'il était engagé dans une troupe de danseurs, qu'il partait en tournée. Es-tu capable de respecter son secret ? Un gitan qui travaille, c'est déshonorant tu sais. Surtout quand c'est un grand danseur comme Marsilio.

Je hoche la tête sans répondre pour qu'il soit plus sûr de mon silence.

— Je te dirai où le trouver après le spectacle. Il est parti pour plus d'un mois. Tu as dansé avec lui ?

Je réponds faiblement que je ne suis pas sûre d'assez bien me souvenir pour être sur scène ce soir. Paco me regarde fixement.

— Se souvenir de la danse, ça ne sert à rien. Il faut se souvenir de ce que l'on a perdu et seulement de cela et ensuite le corps, les pieds et les mains font le reste. Le flamenco, ce n'est pas une danse, c'est la tragédie de la vie qui coule dans nos veines, dans nos voix et dans le regard des autres, ceux qui viennent nous regarder. Écoute le *duende*, c'est lui qui te fera danser. Tu sais ce que c'est le *duende*, *niña* ?

— Je le sais, oui. C'est comme un ange, une muse, une pensée magique qui inspire le danseur ou le guitariste.

Paco rit de ma définition.

— C'est surtout un diable qui vient te prendre tout entière et ne te demande jamais ton avis.

Il pince mon menton entre ses longs doigts.

— Tu as compris pour Marsilio ? Méfie-toi de ta langue, elle est rapide parce qu'elle n'a point d'os, comme on dit chez nous. Et pour ce soir, ferme les yeux, écoute nos guitares, le chant du petit frère et pense à ceux que tu as perdus.

Un sanglot se bloque au fond de ma gorge. Je suis sûre que Paco ne sait rien, mais les mots qu'il prononce semblent dictés par son intuition.

Ensuite, tous les musiciens mangent et rient de plaisanteries dont je ne saisis pas le sens car ils parlent trop vite et sans articuler. Je picore quelques olives en silence.

La musique est déjà là. Elle s'infiltre dans les conversations et, quand Juana m'entraîne avec elle sur scène, je ne me demande plus ce qui va arriver ou ce dont je serai incapable. La voix du jeune garçon est incroyable, rauque, entre la plainte d'un enfant et la voix cassée d'un homme. Je ne comprends les paroles que par bribes. Un mot de temps en temps. *Amor, suffrir, lagrimas, viaje, viento, corazon, muerte, camino oscuro...* Je me refais une histoire dans laquelle je revois mes parents vivants, à mes côtés. Je m'abandonne au manque, mes bras cherchent à les saisir et se referment sur du vide. Je me déplie, ondule comme pour courir après leurs corps disparus. Mes pieds martèlent le sol avec la rage de l'impuissance. Je marche ou recule, buste tendu, yeux fermés ou à demi ouverts sur les larmes qui m'aveuglent. Quand le chant se tait, les mains tapent le *cajon* qui résonne dans ma tête et dans le creux de mon estomac. Ça me fait mal et ça me fait du bien. La musique est si belle, si poignante, si accordée à mon chagrin qu'elle me déchire de part en part. Soudain la douleur est violente et m'arrache à une sorte de tombe dans laquelle j'étais enfermée. Je saisis ma robe, la tords, je jette mon châle, fais face à une salle que je ressens dans la pénombre comme le monde hostile que je vais devoir affronter sans eux, pour toujours. Aux derniers accords qui meurent dans le silence, un ultime coup de talon clôt le rythme des *palmas* régulières. Je suffoque en écoutant les applaudissements qui forment un brouhaha confus.

Quand je me réveille, je suis allongée sur une des banquettes du restaurant. Je ne me suis pas vue partir. Juana me regarde d'un air inquiet et Paco me tapote la main. On me tend un verre d'eau.

— Eh, *niña*, il faut manger un peu plus avant de danser !

Je sens que je suis fatiguée, mais toute la famille me sourit et je ne suis plus seule. Manolo, le jeune frère de Juana, me tient compagnie tandis que le spectacle continue. Il me dit dans un souffle : « Je ne savais pas qu'une petite *payo* pouvait danser comme toi ! C'est Marsilio qui t'a appris ? » Je dis oui en grognant. Je ne parle pas des origines gitanes de ma mère. Je ne sais pas très bien ce qui m'est arrivé, mais je crois que maintenant je saurais mieux expliquer à quoi ressemble le *duende*. Manolo ajoute qu'il a beaucoup aimé chanter pour moi, puis il se sauve, comme s'il venait de me faire un aveu impossible. J'ai envie de m'enfuir aussi et de me retrouver dans le petit lit de la chambre de Marsilio. Mais je n'oublie pas que Paco a promis de m'en dire plus après le spectacle. Je le cherche dans la salle, au bar puis dans la rue. Malheureusement, avant que je ne l'aperçoive, il s'est éclipsé avec sa guitare.

Je rentre bredouille avec Juana. Elle doit se douter de quelque chose et m'interroge beaucoup sur ce que m'a dit Paco. Je lui répète que je ne sais rien de plus qu'elle. Son frère pense qu'il doit revenir dans une semaine ou deux… Il ne sait pas exactement où il est. En tournée entre Grenade et Séville. Bref, je lui sers la version officielle en espérant ne pas l'avoir trop modifiée.

Je croyais que ces histoires-là étaient de mon âge, ces bla-bla. Mais finalement, ça se passe exactement pareil dans le monde des adultes. Untel a fait ça, mais tu ne dis rien parce que sa femme n'est pas au courant, d'accord ? Et en échange, si tu la fermes, je te dirai le secret d'Untel. Si leur monde à eux ressemble tellement au mien, ça va être beaucoup plus facile de s'orienter.

Il fait doux et maintenant je me sens beaucoup mieux. Comme si le malaise de la danse avait emporté autre chose en s'éclipsant. Juana me confie la clé de la petite chambre de Marsilio. Elle a l'air contente.

— Tu vas habiter là jusqu'à ce qu'il revienne et puis tu danseras avec moi le soir. Je connais bien le patron, je lui demanderai de te payer un peu... Si tu danses comme ce soir, il sera d'accord, c'est sûr. Tu manques de technique mais tu as la passion et, en travaillant un peu, nous pouvons lui offrir un beau duo.

Je la remercie, mais elle secoue la tête comme si ça la dérangeait.

— Viens chez ma mère demain matin. Nous irons vendre des babioles au marché. Tu nous aideras. Tu sauras retrouver le chemin seule ?

Comme hier soir, je me remets à la fenêtre, mais cette fois avec ma robe de danseuse de flamenco que j'ai gardée. Sur le bord du volet, il y a un petit cadre que je n'avais pas remarqué. Un poème est écrit à côté d'une danseuse dessinée au fusain. *Con la sombra en la cintura ella sueña en su baranda, verde carne, pelo verde, con ojos de fría plata. Bajo la luna gitana, las cosas la están mirando y ella no puede mirarlas.* Je connais ce poème, il est de Federico García Lorca. C'était le poète préféré de Marsilio. Il m'avait offert un petit recueil avec la traduction. *La taille drapée de noir, au balcon rêvant le soir, chair verte et vert le cheveu, d'argent froid elle a les yeux. Vert c'est vert que je te veux, sous une lune gitane, vers elle, vont les regards, vers elle qui ne peut voir.* Le dessin est délicat. La petite danseuse me ressemble un peu, avant qu'on ne me coupe les cheveux. Soudain je sursaute. Bien sûr qu'elle me ressemble... C'est maman qui a fait ce croquis pour remercier Marsilio qui ne voulait jamais que mes parents lui payent mes cours de flamenco. Je ne lui apprends pas à danser, leur disait-il, je lui raconte la vie des gitans avec de la musique et, ensuite, elle répète les histoires de chez nous. Je regarde longuement ce petit cadre et le poème qui l'accompagne. C'est aussi l'écriture de ma mère. Je ne l'avais pas remarquée dans la pénombre. Je sens que je vais encore m'endormir tout habillée. *Bajo la luna gitana, las cosas la están mirando y ella no puede mirarlas...*

Chapitre 5

Des nouvelles

— Nina, c'est toi ? Tu vas bien ?
Il me semble que ça fait des années que je n'ai pas entendu la voix de Lucille.
— Oui, oui. Je dormais. Je suis tellement contente. Ne raccroche pas surtout.
Nous rions et pleurons en même temps. Elle m'explique qu'elle s'est inquiétée parce qu'elle n'avait pas de nouvelles. Mais moi j'ai suivi ce que nous avions décidé. Je n'ai pas osé l'appeler. J'avais si peur que ce ne soit pas le bon moment et qu'elle soit en difficulté. Passé ce moment de joie des retrouvailles même par téléphone, je lui pose la question qu'elle redoute :
— Ils me cherchent ?
— Oui, et ce n'est pas facile. La police m'a interrogée. Tes grands-parents aussi. Ils ont presque accusé mes parents d'avoir été négligents, de t'avoir laissée partir seule. J'étais vraiment très mal. Ma mère a essayé de m'arracher des informations. Je pense qu'elle est sûre que je sais où tu es. Au début, je voulais juste lui

dire que je pensais que tu allais partir, mais que je ne savais pas où et quand. Et puis finalement, je n'ai rien dit du tout. C'était plus facile de tout nier. Attends, ça va couper...

— Lucille...

— Oui, attends... Ça y est, j'ai remis une autre carte. Je ne t'appelle pas de mon portable. Il ne faut pas que tu essayes de nous joindre. J'ai peur que la police nous ait mis sur écoute. En tant qu'ex-militaire, ton grand-père a des contacts et des moyens, et je crois qu'il a décidé de te retrouver, coûte que coûte. Alors raconte, ça va ?

— Oui oui, je suis avec une famille de gitans. Je n'ai pas retrouvé Marsilio, mais ça va venir. Pour l'instant, ça ne se passe pas trop mal. Embrasse tout le monde de ma part. Je suis désolée de vous avoir mis dans la merde.

— Tu es folle... Ce n'est pas grave. Ne t'inquiète pas. Ils vont se calmer. J'appellerai tes grands-parents pour essayer d'en apprendre davantage. Ainsi ils verront bien que je n'ai pas de contacts avec toi. Si tu as un problème, appelle-moi plusieurs fois et raccroche vite. Je comprendrai que c'est toi, et je te rappellerai.

— Et mon argent sur ton compte ?

— Je pense que ça va. Pour l'instant, c'est surtout dans tes affaires à toi qu'ils fouillent. Et dans les liens que nous pouvons avoir par téléphone. Je t'aime fort, ma Nina. N'oublie pas qu'on pense à toi. Prends soin de toi et fais gaffe aux affreux.

— Oui, moi aussi, je vous aime. Et ne t'inquiète pas pour les affreux ; je gère.

Les affreux, je les avais oubliés ceux-là ! Quand nous étions plus petites, sur le chemin de l'école, nous nous faisions des tas de films sur la façon dont les vilains bonhommes contre lesquels nos parents nous avaient mises en garde, et que nous appelions les affreux, étaient censés nous aborder. Nous, héroïnes de ces histoires, avions mille plans pour leur échapper et bien sûr les livrer pieds et poings liés à la justice des adultes.

Je reste longtemps hébétée après le coup de fil de Lucille. Je sens une drôle de douleur à l'estomac, comme si une bande de policiers allait surgir dans ma chambre d'une minute à l'autre. Puis je saute du lit pour aller prendre ma douche dans le cagibi du couloir. Quand j'en sors, rassurée par l'eau chaude que j'ai laissée couler longtemps sur ma peau, je me rends compte que j'ai oublié la clé à l'intérieur et que j'ai claqué la porte. Je suis enroulée dans une serviette sur le palier. Merde, merde ! Je jure devant la porte close et le rire de Manolo me coupe dans mon envie de mettre un coup de pied dans le panneau de bois. Je suis vexée qu'il me surprenne là, quasi nue sur le palier.

— Heureusement que Juana m'envoie, hein ?
— Pourquoi, qu'est-ce que tu vas faire ? lui dis-je d'un ton agacé.

Il rit et ne me répond pas, puis redescend l'escalier en courant et en me plantant là.

À vrai dire, j'en suis restée à ma conversation avec Lucille. Je me sentais presque mieux avant de lui parler. Depuis le moment où nous avons raccroché, je n'ai pas cessé de penser à tout ce qu'elle m'a dit. Quelques minutes plus tard, Manolo me tire de mes sombres pensées en ouvrant la porte d'un air triomphant.

— Comment as-tu fait ?

Il a l'air fier de lui.

— Facile. J'ai grimpé le long des plantes. C'est déjà arrivé avec Marsilio. Il n'y avait que moi qui pouvais me faufiler par cette fenêtre. Mais cette fois, j'ai eu plus de mal que la dernière fois.

— Tu as grandi sans doute. Tu as quel âge ?

Manolo hausse les épaules d'un air de dire que ça ne me regarde pas. Il n'a pas l'air très content quand je le vire de la chambre pour m'habiller. Je crois un instant qu'il va partir sans moi, mais je m'aperçois qu'il m'attend dehors, adossé au mur qu'il vient d'escalader. Il entonne une des *soleás* d'hier soir. Je souris. Somme toute, la journée ne commence pas si mal, un petit chanteur donne la sérénade sous ma fenêtre et le soleil déjà chaud baigne les murs d'une couleur d'été. La rentrée scolaire vient d'avoir lieu et je suis à mille lieues de l'école désormais. Cette pensée-là ne me met pas tout à fait à l'aise. Allez, Nina, courage, tu as la chance d'être tombée sur cette famille et de pouvoir rester jusqu'à ce que Marsilio soit de retour.

La peur que m'a procurée le récit de Lucille s'estompe un peu. Je comprends combien j'ai été naïve. Qu'est-ce que je croyais ? Qu'ils allaient me laisser partir tranquille et renoncer. Leur fils est mort. Ils doivent se sentir investis d'une mission : m'élever pour racheter leur faute envers lui. Ça leur ressemblerait bien ça !

Sur le marché, nous vendons des paniers tressés, des couteaux et des foulards. Deux ou trois fois je sursaute, en sentant le regard insistant d'un policier sur moi. Mais il faut juste que je m'habitue. Je me trimballe avec des gitans et la police les a toujours à l'œil. En plus, Juana m'a affublée d'un foulard que je porte noué sur la tête, comme elle. Si mes potes du lycée me voyaient, ils seraient morts de rire.

Manolo a disparu et revient fort content de lui. Je m'aperçois qu'il a dû voler quelque chose. J'essaye de savoir ce que c'est, mais il court, cache son butin et me nargue. Je suis furieuse. Si on se fait arrêter, ce n'est plus du tout bon pour moi ce plan-là. On s'engueule. Il a autant de voix qu'hier soir ! Juana exaspérée vient voir pourquoi je peste contre son frère. Je me sens un peu ridicule en lui expliquant que je ne veux pas que son frère vole en ma présence. Je ne peux quand même pas lui dire que j'ai peur de la police ! Dans mon énervement, j'ai déjà failli me trahir. Juana se fiche de mes scrupules et ce que son frère a pu dérober n'a pas l'air de la traumatiser, mais j'ai gagné. Elle le renvoie de l'autre côté du Guadalquivir pendant que nous finissons de vendre quelques paniers. Manolo me foudroie du regard avant de s'éclipser. Je crois que la prochaine fois, j'ai intérêt à ne pas oublier les clés quand je vais me doucher ! Il s'est éloigné en crachant par terre et doit ruminer sur le chemin du retour qu'il n'en a plus pour bien longtemps à supporter la domination des femmes de la famille. Après, ce sont elles qui doivent obéir aux hommes. Enfin, en apparence tout au moins, car les femmes gitanes de cette famille ont un sacré caractère.

Juana a l'air d'excellente humeur. Elle se moque de moi et de mon air de bohémienne improvisée tout en me glissant que nous allons répéter le spectacle de ce soir. « Je voudrais préparer avec toi une petite chorégraphie. » Ça ne ressemble pas aux habitudes des gitans ça, répéter. Marsilio me le disait souvent. Ils sont tous doués, mais, pour devenir danseur professionnel, il faut travailler et un gitan, ça ne travaille pas ! Je comprends vite que Juana est comme Marsilio.

— Tu comprends, si je veux demander un peu plus d'argent pour toi, il faut que je justifie le spectacle.

À la fin de la matinée, nous rentrons, légères. Nous avons tout vendu. Juana me tend un peu d'argent que je refuse. Non, garde-le pour ma participation aux repas. Elle n'insiste pas.

C'est la première bonne journée de mon voyage, malgré la peur que j'ai au ventre depuis que Lucille m'en a dit un peu plus sur les recherches entreprises pour me retrouver. Au fond, je crois en ma bonne étoile. Si je ne l'appelle pas, il n'y a aucune raison qu'on vienne me chercher ici.

Juana m'arrache à mes pensées en me parlant de Marsilio. Elle veut savoir s'il avait *una chica* quand j'étais là avec mes parents. Je lui réponds qu'il en avait plusieurs et qu'aucune ne semblait lui convenir. Et les éclairs que lançaient ses yeux noirs quand elle a posé la question deviennent des feux de joie. En réalité, il en avait plusieurs et n'arrivait pas à faire son choix car toutes semblaient lui aller, mais je préfère être dans les bonnes grâces de Juana.

Je n'ose pas lui demander si Paco sera là ce soir. Je voudrais qu'il me dise si je dois attendre Marsilio ou si je peux le retrouver ailleurs. D'une certaine façon, j'ai ce que je voulais. Être dans un endroit où je peux rester quelque temps sans me faire remarquer. Est-ce que Marsilio va prendre mal que je me sois installée chez lui ? Après tout, c'est Juana qui m'a permis de rester. Quand nous rentrons, Manolo se tient loin de moi et j'essaye de l'amadouer. Je lui explique que je viens d'une famille où l'on ne vole pas.

— Tu comprends, je ne veux pas courir le risque de me faire arrêter, parce que mes parents seraient très fâchés contre moi.

Il se moque. Mais je préfère ça que le voir buté dans son coin. Et puis il chante trop bien pour bouder. Et quand je le lui dis en lui rappelant la *soleá* qu'il a entonnée sous ma fenêtre, il rougit. Je lui adresse un clin d'œil et lui précisant que nous allons encore être ensemble ce soir à la *peña*. Je m'en veux un peu de profiter de mon ascendant sur lui, mais je sais que je ne dois me fâcher avec aucun d'eux. Je voudrais bien me reposer un peu avant de repartir pour je ne sais quelle destination.

Le guitariste qui me fixait hier s'appelle Enrico. C'est le deuxième frère de Juana. C'est lui qui nous accompagne tandis que Juana décide de nos entrées, de nos sorties ou des quelques pas que nous ferons ensemble. Je m'applique mais je suis troublée par le regard impénétrable de ce guitariste ; il rive l'éclat métallique de ses pupilles à mon corps et j'essaie de deviner ses pensées, tandis que ses doigts courent sur les cordes.

Sa sœur inlassablement me montre et ne s'agace jamais quand je ne comprends pas tout de suite. Je ne pensais pas que Juana aurait autant de patience pour m'expliquer l'enchaînement des pas. Comme la plupart des gitans, elle ne peut jamais refaire exactement la même danse et c'est plus difficile pour moi de la suivre. C'est une danseuse professionnelle intense, nerveuse, exigeante. Elle aime danser et cela se voit. Elle réussit même à me faire oublier pourquoi je suis là, ceux que je fuis, ceux que j'ai perdus, ceux qui me manquent. Seule demeure cette musique qu'elle me communique en l'infiltrant sous ma peau comme un antidote à la peur. Elle me fait éprouver combien le son de nos pas se coule dans la musique. *Taco, punta, taco, otra vez... Zapateados et nada mas.* Elle ne compte jamais et donne de précieux conseils : « Ne fais pas des gestes vides, *niña*. Sens, respire, écoute monter la musique en toi. Tu as le compas. » Comme ceux de son peuple, elle vit la musique, impulse, extirpe de ses tripes des mouvements souples ou saccadés et les silences ressemblent à des pauses pour mieux entendre les sentiments. Les yeux fermés, elle sait si je danse ou si je me perds...

Le spectacle est tout entier maintenant, dans le moment présent, et peut-être ne sera-t-il pas au rendez-vous sur scène tout à l'heure. Nous finissons la danse et nos visages abandonnent la gravité du chant de Manolo. Nous nous sourions. Elle l'a senti elle aussi. Marsilio me le disait souvent. Le *duende* vient quand il veut, il n'a ni horaire ni lieu ; c'est pour cela qu'il faut être toujours prêt à le recevoir... ou à l'oublier. Il serait fier je crois, s'il me voyait. Il ne serait pas le seul. Mais lui, il est vivant quelque part tandis qu'eux, ils sont au fond de l'Atlantique. Un instant me vient une idée folle. Et s'ils étaient vivants ? Et si certains passagers n'étaient pas morts quand l'avion s'est écrasé ? Et s'ils avaient gagné une île ? Et si je pouvais les revoir un jour ?

Manolo me secoue au milieu de mes délires. *Vamos la gitana!* Je ne dois plus jamais penser à des stupidités de ce genre. J'ai suffisamment regardé la télévision pendant tout le mois de juin, suffisamment cherché sur Internet. Il n'y pas eu de rescapés ! De nouveau les sales questions reviennent. Combien de temps pour tomber ? Est-ce que l'on sent quand l'avion touche l'eau ? Est-ce que l'on sait qu'on va mourir ? Et cette obsession-là, toujours la même : Est-ce qu'ils ont pensé à moi en sachant qu'ils me quittaient tous les deux pour toujours ? Est-ce que je leur en veux de ne pas avoir pensé à cela avant ? D'avoir pris un avion ensemble, et sans moi ? Comment faire pour se couper un bout de cerveau ? Il n'y a rien de pire que l'imagination et la mémoire quand elles commencent à se mettre ensemble pour nous torturer.

Ma Nina, tu avais quatre ans et tu es venue me voir avec des questions graves. Quand je serai grande, quand j'aurai des enfants, tu seras vieille ? Je t'ai répondu : Oui, ma chérie. Tu as continué à me questionner : Et quand mes enfants seront grands, je serai vieille et tu seras morte ? C'était embarrassant, mais je t'ai encore dit : Oui ma chérie. Ce n'était pas encore fini. Je te sentais accrochée à ton raisonnement. Et quand mes enfants grandiront, moi aussi je serai morte ? Je t'ai regardée, tu paraissais perdue dans le début d'un désespoir sans nom, mais je ne voulais pas te mentir ; alors j'ai confirmé : Oui, ma chérie. Les larmes ont jailli, d'un seul coup, violentes, comme si elles bondissaient sur un ennemi. Entre deux hoquets où se mêlaient l'incrédulité et l'indignation, tu as hurlé : Mais moi, je ne veux pas mourir ! J'étais désemparée. Je t'ai bercée, serrée contre moi. Je ne me souvenais pas d'avoir vécu une scène semblable qui aurait pu me raconter ce que l'on ressent quand on est une petite fille qui découvre la mort. Je ne savais pas si cela m'était arrivé de la même façon. J'étais sans solution, consciente de n'avoir rien à te proposer de mieux que de vivre avec ce savoir-là, celui de la disparition de ceux qu'on aime, celui de sa propre absence. Mes parents étaient morts avant ta naissance et ceux de ton père étaient inexistants dans notre vie. Tu ne les connaissais pas. Les prochains sur la liste, c'était donc nous. Je me taisais parce que je ne voulais pas te mentir. Je ne voulais pas te dire que c'était dans longtemps, qu'on pouvait ne pas y penser, que tout ça n'avait pas d'importance. La force de tes larmes et l'immensité de ton effondrement disaient à quel point le chagrin d'un tout petit enfant peut être vaste. Tu savais soudain crûment ce que nous oublions sans cesse. Tu détestais cette vérité. Tu étais une rebelle en train d'apprendre qu'on ne maîtrise rien. Je n'avais pas le droit de t'inoculer l'illusion. Tu t'es apaisée peu à peu et puis tu m'as souri. Alors je t'ai dit doucement que je t'aimais et que nous étions ensemble. Et tu m'as demandé si nous pouvions faire un gâteau au chocolat avec des petites noisettes à l'intérieur. Et puis le manger, dès qu'il serait cuit. « Quand il sortira du four et qu'il sera encore chaud », as-tu précisé.

Chapitre 6

Ma famille de *gitanos*

Ce soir-là, quand nous arrivons à la *peña*, j'aperçois Paco qui me fait un petit signe discret. Voilà une semaine que je ne l'ai pas vu. Les soirs précédents, un gitan que je ne connaissais pas l'a remplacé à la guitare. J'étais désespérée. Je n'avais pas eu l'occasion de reparler de Marsilio avec lui. Je n'osais pas demander à Juana si Paco allait revenir. Elle aurait voulu savoir pourquoi.

Juana a troqué sa longue robe pour un pantalon : le bas est assez large et elle est moulée de la taille jusqu'aux seins. Le haut est une sorte de chemise brassière, noire, avec des manches bouffantes. Elle va donc danser avec une tenue d'homme et ses cheveux à peine noués tombent, rassemblés sur sa nuque. Elle est vraiment très belle. Je parle à Paco de son costume pour avoir une raison de m'adresser à lui, il hoche la tête.

— Ma sœur est celle qui ressemble le plus à notre ancêtre illustre. Nous sommes les enfants de la nièce de Carmen Amaya. C'est grâce à elle que nous ne sommes pas morts de faim, et c'est elle aussi qui a transmis à toute sa descendance cet amour du flamenco et tout ce qu'elle a apporté de nouveau à cette danse. Nous étions à Barcelone autrefois. C'est Carmen la première qui a dansé en pantalons, a été reçue et acclamée par le président Roosevelt et la reine d'Angleterre.

Je reste bouche bée. Ma mère m'avait montré des films de cette grande danseuse quand nous sommes revenus d'Espagne parce que Marsilio m'avait parlé d'elle et raconté sa vie. Paco est perdu dans ses souvenirs. Il me raconte à quel point sa famille était fière d'avoir joui du regard admiratif que les autres portaient sur cette talentueuse aïeule.

— Nous n'étions plus les sales gitans qui nous installions sous le regard hostile des villageois. Nous étions la famille d'Amaya. Nous donnions des spectacles que tout le monde venait voir. Nous avons fait des tournées dans toute l'Espagne, en France et jusqu'en Italie. Mais cela ne dure pas ce genre de reconnaissance. Les hommes oublient vite. Alors nous sommes revenus à Séville, certains d'entre nous dans ce quartier, et les autres à la périphérie de la ville. Nous avons beaucoup de famille ici.

Paco s'est tu. La nostalgie est presque palpable, puis, sans que j'aie pu le prévoir, il se tourne vers moi et j'ai l'impression qu'il plonge au fond de mon âme tandis qu'il m'interroge.

— Dis-moi, *niña*, n'y a-t-il pas quelque chose que tu as gardé pour toi ? Pourquoi le cherches-tu, Marsilio, et où sont tes parents ?

Je ne sais plus ce que je lui réponds. J'ai intégré le mensonge comme une nouvelle façon de vivre, voire un nouveau jeu. J'ai l'impression que je sais maintenant inventer, je ne pense même plus à mentir. À ma grande surprise, Paco se met à rire en hochant la tête.

— Tu as bien fait de venir vers nous, *niña*. Tu es presque aussi douée qu'un *gitano* pour raconter des histoires. Je ne vais pas aller te dénoncer à la police, tu sais, mais il faut que tu m'expliques les choses.

Paco sort de sa poche un journal en espagnol et le déplie sous mon nez sans dire un mot. Je lis.

La tragedia de Air France provocó la triste desaparición de 12 tripulantes y 216 pasajeros. Se publicaron listas oficiales y extraoficiales con los nombres de las 228 personas que viajaban en el vuelo AF 447. Desde médicos, recién casados, profesores, músico y empresarios.

Dans les premiers noms, je vois immédiatement ceux de mes parents, le reste de la liste se brouille dans mes larmes. Je reste tête baissée, fixée sur l'article du quotidien dont je n'arrive pas à lire la suite. Paco ne dit rien pendant quelques instants.

— Personne ne sait que tu es là, n'est-ce pas, *niña* ?

Cette appellation affectueuse qui ressemble tant à mon prénom me met les larmes aux yeux. Mon regard est une prière. J'acquiesce.

— Quand Marsilio reviendra, je verrai avec lui ce que nous devons faire puisqu'il connaissait tes parents. Pour l'instant je ne dirai rien, même à Juana. Et je crois qu'il vaut mieux qu'on te donne un autre nom... On dira que pour la *peña*, tu es Luz.

Je souris. Sans le savoir Paco est allé chercher le prénom de Lou ou presque. De toute façon, Juana ne m'appelle jamais Nina. Elle me nomme toujours *guapa* pour se moquer de moi. Quelque chose me trouble soudain.

— Paco, comment connais-tu mon nom de famille, le nom de mes parents ?

Il rit.

— C'est par moi que Marsilio a connu ton père. Nous étions amis. Nous avons joué ensemble bien avant ta naissance. Je n'ai rencontré ta mère que plus tard quand vous êtes venus, il y a deux ans. Elle cherchait à savoir si sa famille avait des ramifications en Espagne. Sa mère ne lui avait pas beaucoup parlé de ses origines gitanes. C'était une femme très gentille, ta mère. Je la sentais proche de nous. Mais je ne suis venu qu'une soirée pour assister au spectacle de ton père et de Marsilio. Toi, il était écrit que je te connaîtrais plus tard. Je te conseille de ne rien dire à notre mère. Elle n'aime pas les histoires de *payos* et elle aurait peur d'avoir des ennuis avec la police si nous te gardons. Et puis elle devine bien assez les choses ! Et puisqu'on en est aux conseils, prends garde à Enrico, c'est un *caliente* qui aime les jolies filles et chez nous les filles de quinze ans sont déjà mariées. J'ai remarqué qu'il te regardait beaucoup.

— Merci, Paco. Je suis contente d'être ici avec ta famille.

— Bienvenue, *niñā* Luz. Et pour tes parents, tu dois savoir qu'il y a *Butyakengo*.

— Qui est butya... euh, comment déjà ?

— *Butyakengo*. C'est l'âme que les défunts abandonnent sur terre pour veiller sur leurs enfants. Nettoie toujours ton oreille gauche avec ton petit doigt. C'est exactement là que se trouve l'esprit, et qu'il te parle. Je t'ai regardée danser l'autre soir. Tu avais le *duende* et la protection du *Butyakengo* de ton père, crois-moi. Tu as eu de la chance. Le patron voulait deux danseuses. Il voulait imposer une rivale à Juana, tu es tombée à pic, ajoute-t-il en riant. Je dois partir maintenant. *Hasta mañana, si Dios quiere.*

Je comprends mieux maintenant. Ce n'est pas pour m'aider que Juana est devenue sympathique, mais pour garder l'avantage.

— Paco, attends! Est-ce que tu sais où est Marsilio et quand il va revenir?

— Oui, j'aimerais bien le savoir moi aussi, ajoute Juana, que nous n'avons pas entendue arriver.

— Demande à la mère de te lire les lignes de la main, *hermana*, lui répond Paco ironique. Peut-être qu'elle pourra te dire s'il est parti avec une autre plus belle que toi.

Juana le foudroie du regard et tape du poing sur la table avec rage. Paco rit.

— *Olé. Baila mi amor.* Allez, danse ta jalousie!

Il échappe de justesse à la fureur de Juana qui le poursuit en faisant claquer ses escarpins ferrés sur le parquet.

C'est ce moment que choisit Manolo pour venir me parler.

— Paco a dit qu'on doit t'appeler Luz maintenant. Tu dois être recherchée par la police pour avoir volé de la nourriture sur le marché la semaine dernière.

Il s'est appuyé contre la porte et prend son air crâneur. Il est beaucoup moins timide depuis qu'on se connaît un petit peu mieux. Prêt à entrer en scène, avec ses cheveux gominés, il paraît un peu plus âgé. Je commence à comprendre Juana. Ses frères sont exaspérants !

— Je n'ai rien volé de tout et si la police me demande quoi que ce soit, je te dénoncerai...

— À mon avis, si la police vient, tu t'enfuiras comme une *gitana*... J'ai entendu ce qu'a dit Paco sur tes parents. Je pense que tu t'es enfuie de chez toi sans rien dire.

Cette fois, c'est moi qui poursuis Manolo. J'ai bien envie de lui coller une bonne claque. Il s'enfuit sur une petite place qui se trouve à l'arrière de la salle où nous dansons. Je suis empêtrée dans ma robe longue mais, par une feinte, je finis par le rejoindre. Dès que je le saisis par sa veste, il me tord le poignet et se penche vers moi.

— Je ne veux plus que tu m'empêches de faire ce que je veux au marché. Tu n'as rien à dire à ma mère ou à ma sœur quand je m'occupe de mes affaires. Tu as compris.

Je suis aussi furieuse que lui et j'essaye de libérer mon poignet tandis qu'une voix retentit.

— Manolo !... Laisse-la...

Manolo me lâche brusquement et crache par terre avant de s'éloigner. Enrico s'avance vers moi.

— C'est un sale gosse. Il n'a pas de manières avec les femmes. Il ne t'a pas fait mal ?

Je me souviens immédiatement de ce que m'a dit Paco et, bien que je sois flattée d'être traitée de femme, je me méfie. Je marmonne que tout va bien en jetant un coup d'œil timide à Enrico. Il doit avoir la trentaine et il faut admettre qu'il est vraiment très beau ! Pour m'en sortir, je lui parle de la fratrie.

— Vous êtes vraiment tous les enfants de la Madre ?

— Il y en a eu d'autres, qui sont morts maintenant. La Madre a eu six enfants de trois pères différents. Paco est né quand elle avait seulement 15 ans. Puis il y a eu mon frère et ma sœur aînée qui sont au paradis des *gitanos*, moi, puis Juana. Manolo, le dernier, est né quand ma mère avait plus de quarante ans, d'un troisième homme qui est mort lui aussi. Ce petit dernier, elle l'appelait « son petit miracle ». Il est resté trop longtemps dans ses jupons. C'est pour ça qu'il est à la fois timide et insolent. Il t'aime bien non ?

Sans relever sa déclaration, je fais un rapide calcul.

— La Madre n'a que cinquante-cinq ans ?

— Oui, *niña*, chez nous les douleurs ne se pleurent pas, elles se chantent. En trente ans de vie, je n'ai jamais vu la Madre pleurer, mais je l'ai vue vieillir. Le seul d'entre nous qui se souvienne bien de son visage de jeune fille, je crois que c'est Paco.

Je comprends soudain le souci qu'avait ce dernier de me protéger. Sa mère, à mon âge, était déjà encombrée d'un enfant. Il ne me manquerait plus que ça ! J'en frissonne de frayeur.

— Est-ce que tu voudrais partir avec moi pour rejoindre Marsilio ? Je sais où il se trouve tu sais. Je pourrais t'emmener.

Décidément, mon secret est celui de tout le monde, et personne dans cette famille n'a l'air d'ignorer quoi que ce soit de ma situation. La proposition d'Enrico m'a tout l'air d'un traquenard. J'en ai assez. Je voudrais me reposer et me laisser vivre un peu. J'essaye de prendre un air détaché pour lui répondre.

— Je crois que je préfère attendre Marsilio ici. Nous verrons bien quand il reviendra et, pour l'instant, je peux habiter chez lui. Ça ne dérange personne.

— Comme tu voudras. Mais tu verras que Marsilio n'est pas facile à isoler quand ma sœur est là. Tu aurais pu en profiter pour être un peu tranquille avec lui.

Cette dernière remarque m'agace prodigieusement.

— Je n'ai pas besoin d'isoler Marsilio. Je ne suis pas sa fiancée. Il est mon ami et celui de mes parents, c'est tout.

— Et qui est ton fiancé alors, *niña* Luz ?

Enrico s'est rapproché de moi et il a appuyé le bras sur le tronc de l'arbre auquel je me suis adossée depuis que nous parlons. Oh, là là, terrain glissant !

— Enrico ! Luz ! *Venga !* C'est à nous…

Sauvée par le gong du spectacle ! Je feinte pour m'extraire du bras d'Enrico prêt à m'emprisonner. Décidément, les types de cette famille sont vraiment pots de colle. La vie ne va pas être aussi tranquille que je le pensais. Quant à Juana, elle jette un coup d'œil furibond à son frère quand nous la rejoignons. Mais, déjà, j'entends le rythme qui bat sur le *cajon*, les accords des guitares et mon cœur se met à battre. J'ai envie de sourire, de danser.

Encore ce soir, j'en ai la preuve. C'est la musique qui organise la vie de ces gitans et c'est elle qui me sauve. Quand je danse, je peux oublier. Tout ce qui s'étrangle dans ma gorge toute la journée se dissout dans le rythme ; les mélodies m'emportent. Quelque chose me dit d'avoir confiance. Là où mes pieds se posent, l'avenir est solide, je n'ai plus peur, je virevolte sur des rêves qui seront des projets.

Nous continuons à danser bien après le spectacle, dans la rue, en revenant vers la petite chambre de Marsilio, Enrico a passé son bras sous le mien et Manolo et Juana chante à tue-tête *Arriconamela, El tenerte cosas bellas y a mi amor de compañera... Arrincónamela, echamela al rincón que casada la quiero y si es soltera mejor.* À mon grand étonnement, les fenêtres, quand elles s'ouvrent, laissent apparaître non pas des râleurs qui protesteraient contre le bruit que nous faisons à minuit, mais des silhouettes qui nous accompagnent en faisant des *palmas*. Dans cet après-spectacle improvisé, je me sens si heureuse et si vivante que je voudrais que la nuit ne finisse pas. Il fait doux, pourtant nous sommes au mois d'octobre. En France nous sommes juste un mois après la rentrée des classes. Je suis traversée d'un frisson et une envie de dormir me tire un bâillement d'animal. Juana me laisse devant la porte et attend que ses frères me saluent avant de s'éloigner avec eux. Visiblement, elle prend bien soin de n'en laisser aucun des deux derrière elle. Je leur adresse un dernier signe avant de m'engouffrer dans l'escalier.

C'est étrange comme la petite chambre de Marsilio est devenue mienne. Chaque soir, je m'accoude à la fenêtre pour repenser à ma journée, admirer le ciel étoilé, écouter les bruits de la nuit. Je grignote une barre de chocolat. Il me semble humer le parfum des orangers, mais peut-être est-ce mon imagination. J'ai tellement de flamenco dans la tête que je ne suis pas sûre de pouvoir dormir, même si j'en ai envie. Je voudrais avoir Lucille au téléphone et lui raconter tout ce qui se passe dans ma nouvelle vie, mais le souvenir des angoisses que j'ai eues après notre dernier entretien me retient. Et puis il est trop tard pour l'appeler. Je me glisse dans les draps avec mon casque. Vite un morceau pour accompagner mon départ dans la nuit. Justin Nozuka, *After Tonight*. Je ne sais même pas si j'entends la fin du morceau. Mes rêves sont profonds, mêlés de danse, de chants et de baisers qu'Enrico et Manolo essayent de me voler tandis que je cherche à leur échapper. C'est à peine croyable : quand je vivais avec mes parents, je rêvais de rencontrer plein de garçons qui ne soient pas mes potes et qui aient envie de me séduire, juste pour que je puisse leur dire non, mais bien sûr, ça ne m'arrivait jamais ! Et maintenant ça ne me semble plus du tout tentant. C'est pour tout dire très pénible !

Tout ce qui n'est ni donné ni partagé est perdu, disent les manouches, et je crois que ce que j'aime chez eux, c'est leur façon de vivre ce qu'ils disent comme une vérité. Les mots de leur vie sont leur vie. Le reste est inutile. Le temps passe vite et j'ai trouvé mon rythme. C'est celui du compas, de nos spectacles chaque soir, de nos disputes avec Manolo, de la douce protection de Paco. Juana est une sorte de sœur tantôt sympathique, tantôt hostile. J'ai appris à ne pas m'en préoccuper. Il y a des jours où elle semble m'en vouloir de n'avoir aucune nouvelle de Marsilio. Voilà trois mois que je vis avec cette famille et les recherches que l'on fait pour me retrouver en France se sont un peu tassées. Lucille et les autres m'ont raconté leurs mensonges. L'exercice est difficile et leur pèse. Il n'est pas si simple d'avoir l'air inquiet quand leurs parents envisagent que ce qui aurait logiquement été une fugue pourrait être un enlèvement. Il leur est difficile de paraître angoissés pour moi quand ils savent que je suis en sécurité, alors ils manquent souvent de se trahir. Face aux interrogatoires de la police, ils ont fait des efforts autrement plus compliqués à gérer que ceux de leurs parents.

J'ai vu arriver Noël avec terreur mais j'avais tort. Avec ma famille de *gitanos*, rien ne me ramène à ma vie d'avant, et rien ne peut me la faire regretter depuis que mes parents en sont absents.

Chapitre 7

Celle qui sait

Ce jour-là, quand j'arrive chez sa mère, Juana n'est pas là. Je regarde cette gitane qui me paraît si vieille en repensant à ce que Paco m'en avait dit. Elle prépare un petit sac, y glisse un petit sachet, un pot, un tissu et me dit que je dois l'accompagner. Je n'ose pas refuser. Elle m'intrigue et j'ai bien envie d'en savoir un peu plus sur elle.

— Nous allons au camp, à ma roulotte, me dit-elle en chemin.

Je suis surprise parce que j'ignorais qu'elle ne vivait pas là. Il me semblait que Juana avait précisé qu'elle vivait avec sa mère, dans ce petit appartement si vieux et tellement rempli que lui aussi a des allures de roulotte.

Sur le chemin nous croisons un homme qui la salue chaleureusement en espagnol : « Bonjour, Ja » puis lui parle dans une langue que je ne connais pas.

Quand nous le quittons, je ne peux m'empêcher d'interroger la Mère sur son nom et son dialecte. Elle m'apprend qu'elle s'appelle Jagadarti, qu'elle est d'origine indienne et qu'elle a vécu en Europe de l'Est. Ce sont les pères de ses enfants qui étaient des tziganes d'Espagne. Elle, elle est rom. Elle vient des *Lovari* et le dialecte qu'elle parlait avec l'homme rencontré est proche du hongrois. Je suis heureuse qu'elle me confie tout ça alors que jusqu'à maintenant, elle ne me disait pas grand-chose. Je croyais même qu'elle comprenait, mais ne parlait que très peu l'espagnol. Sur le marché, elle ne s'exprimait qu'au moyen de mots isolés et de quelques gestes. Peut-être qu'elle a confiance en moi maintenant. J'avais jusque-là l'impression qu'elle me regardait comme si une tonne d'emmerdements débarquait dans sa famille.

Nous traversons des zones de la ville qui me semblent de plus en plus pauvres. Nous nous sommes enfoncées dans les rues hors de Triana. Sur un immense terrain vague se trouve tout un ensemble de caravanes. Certaines sont très modernes, munies de remorques contenant des machines à laver, d'autres sont rouillées et anciennes. À l'écart de ce modernisme, plusieurs roulottes de bois semblent abandonnées. La Mère se dirige vers l'une d'elles et m'invite à entrer. L'atmosphère est à la fois étrange et chaleureuse : des tissus colorés, du bois, une guitare et à droite de la porte en entrant, juste après un petit vaisselier miniature, se trouve une Vierge noire, posée sur un petit guéridon recouvert d'une nappe de dentelle. Cette statue a l'air si vivante qu'elle me fait frissonner. Jagadarti a mis de l'eau au fond d'un verre, elle y ajoute une huile un peu sombre, tout doucement, en la faisant couler le long du verre pour qu'elle ne se mélange pas à l'eau. Puis elle glisse dans le verre une mèche enduite de bougie. Elle s'incline en la posant devant la statue, allume la mèche et se tourne vers moi. *Voici la lumière des magies*, murmure-t-elle. Son regard très fatigué me scrute intensément. Elle s'approche de moi brusquement et prend mes mains qu'elle retourne pour regarder les paumes. Puis elle saisit brusquement mon visage et sa tête oscille de droite à gauche. Je suis terrorisée, mais je n'ose pas bouger, me dégager de ses mains calleuses qui enserrent mes joues. J'ai très chaud et la Mère pousse de petits gémissements comme si elle allait se mettre à pleurer. Elle s'adresse à moi, mais je ne comprends aucune de ses paroles. Et soudain, elle cesse de se balancer, sa crise de folie disparaît aussi vite qu'elle était venue. Elle s'éloigne de moi et met sur un petit fourneau une bouilloire remplie d'eau. Puis, d'une voix redevenue normale, elle me saisit par la brutalité de sa question.

— Ils sont morts, n'est-ce pas ?

Je ne sais quoi répondre.

— Ils sont morts, tes parents, et ce n'est pas une mort normale. J'ai vu de la violence, une carcasse de fer, le feu, la nuit. D'autres sont morts avec eux. Et puis toutes ces larmes qui sont toujours à l'intérieur de ton corps. Il faut qu'elles s'en aillent. Tu t'es enfuie, tu as quitté ta famille. Tu crois qu'ils ne t'aiment pas, mais ils souffrent. Ils vont mourir avec leur souffrance, mais ce n'est pas ton histoire. Toi, tu as une grande et longue vie qui t'attend. Un beau mariage aussi, des enfants. Mais tu dois faire très attention, *niña*. Il y a aussi des dangers qui te guettent... Des mauvaises rencontres. Tu ne dois pas croire que le monde est comme toi. Le monde est difficile. Il est comme une bête sauvage et on ne peut pas l'apprivoiser.

Je suis pétrifiée par les paroles de Jagadarti. Des larmes ont commencé à couler sur mon visage dès qu'elle a parlé de l'accident de mes parents, et je les sens jaillir de mes yeux sans que je puisse les retenir. Comment peut-elle savoir ce qui s'est passé ?

Maintenant elle ne s'occupe plus de moi et mon chagrin n'a pas l'air de la gêner. C'est comme si je n'étais pas là. Elle émiette des herbes qu'elle glisse dans un petit sachet en psalmodiant. Dehors, une guitare égrène quelques accords, une voix d'homme lance une triste mélopée. Parfois la guitare s'arrête, laissant la voix seule. Je voudrais poser des questions à la Mère, mais je n'ai pas le temps de dire quoi que ce soit car une main vigoureuse a frappé à la porte. Un gitan entre et me jette un coup d'œil sans avoir l'air de me voir vraiment. Derrière lui se tient une femme qui a l'air très timide et serre contre elle une chemise d'homme. Elle n'a pas le type d'une gitane. La Mère la fait entrer et me fait signe d'aller au fond de la roulotte. L'homme s'éclipse sans un mot. Je passe un petit rideau coloré et m'installe sur un lit couvert de patchwork, en essayant de regarder discrètement à travers les plis de la tenture.

Jagadarti a fait asseoir la femme sur une chaise devant elle, puis elle prend la chemise et la serre contre son cœur. Elle a renversé sa tête en arrière et elle a l'air de souffrir horriblement tandis qu'une sorte de mélopée s'échappe de ses lèvres à peine entrouvertes. Elle suffoque maintenant puis elle tombe à genoux et s'écroule la tête entre les bras. La bouilloire se met à siffler comme un signal secret, mais la Mère n'a pas l'air de l'entendre. Je n'ose pas me lever et entrer dans le périmètre pour éteindre le feu. Comme avec moi, quelques minutes plus tôt, la Mère redevient soudain normale et se relève comme si rien n'était arrivé. Elle redonne à la femme sa chemise d'homme et lui dit simplement :

— Il lui faudra trois jours. Il ne lui reste que peu de temps à souffrir. Accroche-toi à ton âme belle et digne.

Elle sort de son sac le petit sachet d'herbes et le tend à la femme.

— Tu peux lui en donner chaque fois qu'il aura mal.

La femme remercie, embrasse les mains de la Mère et pose de l'argent sur la table. Avant de sortir, elle a l'air d'hésiter puis demande à la Mère s'il sait qu'il est perdu. La Mère a l'air d'une sorcière ; elle attache ses cheveux qui se sont dénoués autour de son visage durant son moment de transe. Elle la regarde un moment avant de lui répondre.

— Est-ce que nous le savons, nous, que nous sommes tous perdus ?

Quand la femme est partie, je sors de derrière mon rideau, un peu intimidée. Le chant au-dehors s'est arrêté. Jagadarti me regarde et sourit. Tu veux boire du café, *niña* ? Elle doit sentir que je ne sais pas quoi penser de ce que j'ai vu. Une fois le café servi, Jagadarti qui s'est assise en face de moi me dit :

— Je suis une *drabarni*. Je soigne et je sais. Bientôt, tu vas partir d'ici et continuer ta route. Et puis tu feras naître l'enfant. Je te donnerai les paroles qu'il faut chanter. Juana les a écrites. Tu couperas ce qui le relie à sa mère et tu attacheras solidement le cordon de l'enfant. Je te donnerai des herbes pour elle. Je les ai préparées. Tu n'auras pas de difficulté. Tu verras. Ces choses de femme sont plus simples qu'on ne le croit.

Je me demande de quoi elle me parle. Ses paroles me font peur. Je la crois un peu folle, mais je ne peux m'empêcher de penser que tout ce qu'elle m'a dit avant était vrai, et qu'elle ne pouvait pas le savoir.

Juana est venue me chercher à la roulotte, dans une vieille voiture conduite par Paco. Difficile de croire qu'un tel tas de ferraille puisse rouler. Elle n'a pas l'air dans un bon jour. Dans la voiture, Paco et Juana parlent dans leur dialecte et je ne saisis que quelques mots lâchés en espagnol : danger, *peligro*, le cacher, une arme et *hijo de puta*, gros mot tellement courant ici qu'ils l'emploient presque autant que *fucker* dans les films américains. J'essaye de leur rappeler que je suis assise à l'arrière et que j'aimerais bien comprendre de quoi il s'agit. *A quelle heure faisons-nous le spectacle ce soir ?* Parfois nous passons à vingt heures, mais le plus souvent vers vingt-deux heures. D'habitude je me laisse porter par les événements et je suis Juana sans savoir l'heure à laquelle nous allons danser, mais cette fois je sens que quelque chose n'est pas normal. Elle se retourne brusquement vers moi.

— Il ne faut rien dire. Enrico s'est battu avec un homme.

— Pourquoi ?

— Il a couché avec sa femme et l'autre le cherche pour le tuer.

— Et l'autre, c'est un gitan ?

Juana me foudroie de ce regard qui me glace. Visiblement, elle n'apprécie pas mes questions.

— C'est un assassin ! Enrico ne jouera pas avec nous ce soir et nous ne savons pas où il est. Ils se sont battus au couteau et depuis, on ne sait rien. Nous savons seulement qu'il n'est pas mort parce que cet *hijo de puta* le cherche encore...

Il n'a pas de chance cet homme, fils de pute et mari de pute ! Je souris intérieurement et garde mes réflexions pour moi car je crois que Juana n'apprécierait pas mon humour. C'est bizarre, je n'arrive pas à prendre au sérieux les aventures des gitans ; c'est un peu comme les prédictions de la mère un peu plus tôt. Ils ont l'air de vivre dans un autre monde. Et pourtant j'ai été touchée par ce qu'elle m'a dit et plus encore par ce que j'ai ressenti. Mais oui, c'est cela que je ressens : à leurs côtés, je suis dans un monde qui n'est pas vrai.

Cette impression d'irréalité se poursuit. Le ciel est d'un orangé insolite ce soir-là et la tombée de la nuit ressemble à une sorte de rêve. Je ne peux m'empêcher de me demander si je ne vais pas finalement me réveiller hors de cette famille qui m'a accueillie en me plongeant jusqu'au cou dans ses histoires.

Jusqu'à l'heure du spectacle, Paco cherche son frère sans succès dans la ville. Juana surveille sans arrêt les abords de la *peña* depuis qu'elle croit avoir aperçu l'homme qui cherche Enrico. Elle ne veut pas que je m'éloigne et même Manolo, d'habitude si distant avec le reste de sa famille, semble perturbé. Il est sympathique et me témoigne une tendresse inhabituelle. Je me méfie. Juste avant que nous ne passions sur scène, la Mère débarque et ses yeux noirs semblent jeter des éclairs. Elle semble au courant pour Enrico et, visiblement, elle ne l'a pas appris par eux. Puis, me voyant écouter, elle s'adresse à Paco et Juana dans son dialecte. Peut-être que l'homme qui cherche son fils a débarqué chez elle, ou alors elle a tout vu grâce à ses dons de sorcière. Je ne sais pas trop. Je ne comprends plus rien de ce qu'elle leur dit. Elle s'éclipse non sans avoir tendu un doigt menaçant en direction de Juana et de Paco tout en embrassant le chapelet accroché à la ceinture de sa jupe.

Le spectacle n'a rien perdu de son intensité, bien au contraire. Mon père me l'avait expliqué la première fois que nous sommes venus : les problèmes des gitans passent entièrement dans ces instants où ils peuvent mettre leur peine et les souffrances de la vie dans leurs chants et leurs danses. Même si les *lagrimas*, les *suffrir*, les *amor* et les *corazon* sont ceux d'une autre histoire, c'est bien le drame d'Enrico qu'ils expriment et miment ce soir-là, leur peur de sa mort et la tragédie de la vengeance. J'en sors épuisée par l'intensité de l'énergie qu'ils ont dégagée et dans laquelle je suis moi aussi entrée comme si j'étais embarquée dans une séance d'envoûtement.

Quand nous rentrons dans la fraîcheur de la nuit, il doit être autour de trois heures du matin. Juana ne veut absolument pas que je revienne seule et je suis escortée par Paco tandis qu'elle part avec Manolo. Il me laisse en bas de l'immeuble, me délivre la formule habituelle, *hasta manana si Dios quiere*, et s'éloigne sans chantonner, ce qui, chez lui, est très rare. J'ai fini par m'habituer à ce que Dieu veuille qu'on se revoie le lendemain !

En montant l'escalier vers la petite chambre, quelque chose me retient. Le sentiment d'une présence dans mon dos me fait tourner la tête plusieurs fois, mais il n'y a personne. Je hausse les épaules et tente de me raisonner. L'attitude de Juana a fini par m'intoxiquer. Je glisse la clé et ouvre la porte tout doucement, mais rien ne se passe et je me glisse vite à l'intérieur en soupirant avant de fermer le verrou à double tour. C'est en allumant la petite veilleuse que j'aperçois une forme allongée dans mon lit. Je sursaute et ne fais plus un geste. Enrico se retourne et me tend une main. Je vois qu'il a le corps bandé, et par terre presque à mes pieds se trouve une chemise tachée de sang. J'ai sursauté en le voyant et il tente de me rassurer :

— Personne ne sait que je suis là, *niña*, et personne ne doit le savoir, même pas ma famille. Nous allons partager ce petit lit pour la nuit. Demain, je m'en irai. Je ne te mettrai pas dans l'embarras.

— Est-ce que la blessure est grave ?

— Tu t'inquiètes pour moi ? Comme tu es gentille. Un peu de chair, ce n'est rien. Un ami me l'a soignée. Il faut juste que ça cicatrise. Il est tard, viens te coucher. Il y avait le *duende* ce soir, non ? Et Gino, est-il venu ?

— Ce grand danseur très rapide et si beau, c'est bien de lui que tu parles ?

Enrico rit de mon appréciation.

— Ah, toi aussi tu le trouves beau. C'est le cas de toutes les filles que je connais. Viens, *niña*, nous devons dormir un peu maintenant. Je te laisse un peu de place.

Je n'ai pas la moindre envie de dormir avec Enrico, mais il ne me laisse pas le choix. Je suis gênée de partager ainsi mon intimité, d'autant plus que c'est lui qui a l'air de me faire une place dans ce qui est devenu ma chambre. Une violente envie d'aller aux toilettes me prend. Je dois rejoindre le palier. Je fais signe à Enrico que je vais revenir, déverrouille la porte et sors. De nouveau, j'ai la sensation d'un malaise comme en montant l'escalier tout à l'heure, mais cette fois, je sais pourquoi. Me voilà chez moi avec un fuyard qui se cache d'un mari jaloux qui le poursuit pour le tuer !

Pourquoi faire simple ? Je me serais amplement contentée de n'être qu'une mineure en cavale ! Et puis je ne sais même pas comment il s'est procuré la clé. Il a bien dit que la famille n'en savait rien. Cette chasse d'eau fait vraiment un bruit horrible. Je vais réveiller tout l'immeuble. J'imagine la honte que j'aurais si on me trouvait avec cet homme dans ma chambre. Il est temps que je dorme, je pense vraiment à n'importe quoi. On ne doit pas être loin du petit matin et, si Enrico a dit la vérité, il devrait partir assez vite. Je vais faire la grasse mat du siècle, dès qu'il aura quitté les lieux. En m'approchant à nouveau de la porte de la chambre entrouverte, je perçois des bruits d'objets, une lutte, des voix d'hommes, des insultes et des grognements. Mon cœur se met à battre très vite, je tente de voir ce qui se passe à l'intérieur. Enrico se bat avec un homme qui l'insulte. La bataille a l'air sévère. Je n'arrive pas à voir lequel des deux prend le dessus. Je voudrais aider Enrico, mais je suis pétrifiée. Je me dis que je devrais aller chercher du secours, mais je sens que mes jambes refusent de me porter. La fatigue et la peur me rendent incapable de prendre une décision. Je recule et m'accroupis dans le noir. Je suis si terrorisée que je claque des dents ; je pense de toutes mes forces à mes parents. Le bruit sec d'une détonation suivie d'un râle arrête ma respiration. Une ombre passe devant moi en courant et s'engouffre dans la cage d'escalier en gémissant. Recroquevillée, je n'ose pas entrer dans la chambre où tout est désormais silencieux. J'écoute si aucune porte de l'immeuble ne s'ouvre, mais personne ne se manifeste. Le silence est mortel. Je ne sais combien de temps je reste ainsi avant de trouver le courage de me lever pour voir qui est mort. Je suis bien sûre que l'un d'entre eux a été tué et, je ne sais pourquoi, je pense que c'est Enrico. Si c'était l'autre, le frère de Juana n'aurait pas fui. Quand j'allume la lumière de la chambre, je pousse un cri étranglé. Ce n'est pas Enrico qui gît dans une flaque de sang. C'est un homme que je n'ai jamais vu et, pour l'instant, on ne voit aucune trace de sang. Il pourrait être juste endormi au milieu de la pièce. Je suis à la fois soulagée et très en colère. Me voilà maintenant avec un cadavre dans ma chambre et l'idée que son assassin s'est enfui en me laissant seule me remplit de rage et de désespoir. J'essaye de ne pas le regarder. C'est tout de même la première fois que je vois un mort. Enfin je crois qu'il est mort. Je n'ose pas le toucher.

De l'autre côté du corps se trouve mon sac à dos et, dès que je l'aperçois, je prends immédiatement la décision de ne pas rester une minute de plus dans cet endroit. Mais avant de partir, il faut quand même que je prenne quelques précautions. Très vite et de manière un peu ridicule, comme je l'ai vu faire dans les films, j'essaye de nettoyer les endroits où j'ai pu laisser des empreintes. Les montants de la fenêtre, le bureau, les bords du lit. Je suis un peu perdue, mais je suis sûre d'une chose : je veux fuir et je refuse d'être ramenée en France pour des problèmes qui ne me concernent pas. Je n'ai pas envie de prévenir Juana ou ses frères. Je veux juste quitter cet endroit. Je récupère le petit cadre peint au fusain par ma mère et referme la porte en laissant la clé à l'extérieur.

Fugitivement je pense à la formule *hasta mañana si Dios quiere*. Cette fois Dieu n'a pas voulu et en plus un homme est mort. Ça me confirme, mais je le savais déjà, que Dieu ne veut rien du tout. Il n'en a rien à faire de nous. À vrai dire, s'Il existe, Il a dû déserter notre monde de dingues depuis un moment. Il s'est probablement tiré comme je le fais là, écœuré par un assassinat. Décidément, il faut bien que je sois de plus en plus fatiguée pour me soucier de l'existence de Dieu dans des circonstances pareilles...

Rien qu'en prenant l'escalier, le poids qui s'était posé à l'intérieur de mon estomac s'allège un peu. Avec un peu d'appréhension encore, j'ouvre la porte qui donne sur la rue comme si la police m'attendait déjà au-dehors, mais le jour commence à poindre et les oiseaux chantent. Je ne suis coupable de rien. Je me le répète avant de prendre rapidement la rue déserte qui mène vers le Guadalquivir avec une seule idée : passer le fleuve, comme si me trouver de l'autre côté allait me sauver. Je respire à pleines goulées l'air frais et parfumé du matin. Je m'obstine à chasser les bruits et les images de ce combat qui a eu lieu à quelques mètres de moi. Je ne veux pas savoir qui et quand on va trouver cet homme, je ne veux pas savoir non plus comment Juana et les siens jugeront ma désertion. Penseront-ils que je suis partie avec Enrico ? Malgré moi, je n'arrête pas de ruminer. La seule chose qui m'aide, c'est de m'éloigner de plus en plus vite. J'ai mis mon casque et, surtout, une musique qui ne soit pas du flamenco. Chinese Man, *I've Got That Tune* en boucle. Je marche en rythme, pour avoir moins peur.

Je ne sais plus combien de temps je marche... Mon sac commence à me peser et je constate que je suis sortie de la ville. Il fait très beau et la douce chaleur du soleil me donne encore plus l'impression que ma nuit blanche m'a étourdie et que je vais tomber dans les pommes. J'ai mal partout, je crève de sommeil et je serais capable de m'allonger sur la route et de m'endormir là. Il faut que je mange quelque chose. Je m'arrête dans la première petite épicerie-café venue et je commence par boire un litre d'eau.

Quelques minutes plus tard, j'ai trouvé un banc qui se trouve être celui d'un arrêt de bus. Il me faut bien ça pour déguster mon petit déjeuner andalou ! Bien que je sois en train de me régaler de churros trempés dans un chocolat épais, je demande à la vieille dame qui vient d'arriver où va cette ligne.

Quand j'étais petite, je me demandais comment les parents faisaient pour se repérer dans Paris, ou même en voiture. Et plus encore quand nous étions dans des pays étrangers. Leur façon de savoir toujours où aller me fascinait. Je me disais que moi, je ne saurais jamais me diriger et j'imaginais avec angoisse le jour où je serais obligée d'avouer à mes enfants que nous étions perdus et que je ne connaissais absolument pas le chemin de la maison.

La vieille Espagnole est gentille. Elle dit que je lui rappelle sa petite-fille. Cela me fait tant de bien après ce que je viens de vivre que, dans un excès de confiance, je lui avoue que je vais à Huelva.

La chance a peut-être décidé que j'en avais assez vécu pour aujourd'hui. Bingo ! Je suis dans la bonne direction. J'embarque avec mon sac et le reste de mes churros, direction Almonte. Je me cale au fond du bus dans lequel il y a une dizaine de personnes, des femmes pour la plupart. Des images me reviennent du temps où nous partions à la piscine ou en déplacement. Tous ces voyages en bus que nous faisions avec l'école. C'était dans une autre vie. Une vie qui se limitait à envisager le lendemain ou la fin de la semaine, les devoirs du soir, les prochaines vacances, la fête d'Untel ou le stage de ski. Une vie où l'on n'a rien à décider, rien à craindre et rien à entreprendre. La vraie vie de l'enfance. Un souvenir désormais.

Je ne crois pas que j'étais fait pour être père. En tout cas je n'y avais jamais songé. Sans doute parce que l'exemple du mien ne donnait pas envie de lui ressembler. C'est toi qui as fait de moi un père. Quand Eva était enceinte, je guettais comme un fou le moment où je te sentirais bouger à travers la peau tendue et fine de son ventre. Mais le temps paraît long quand on n'est pas celui qui ressent, qui porte, qui expérimente cette folie d'être un berceau vivant.

Un jour où j'avais oublié que tu allais finir par naître, j'étais étendu tout contre elle et j'avais posé ma main sur son ventre rond. Une petite poussée de l'intérieur m'a surpris. Quelque chose s'est glissé sous mes doigts, comme un poisson aurait frôlé ma main à travers sa peau. J'étais surexcité. J'imaginais que tu étais venue à moi, comme pour me dire bonjour. J'en avais les larmes aux yeux. Je te parlais, je te chantais des chansons, guettant un nouveau sursaut qui aurait signifié que tu m'entendais.

Dès lors, j'ai attendu avec impatience ton arrivée. J'étais pressé de partager, persuadé de t'apprendre ce que je savais de la vie, mais je me trompais. C'est dans ton regard émerveillé, dans ta curiosité incessante, dans ton énergie et tes découvertes solitaires que j'ai appris, moi, beaucoup de choses. Comme si je comprenais en te voyant grandir ce qui nous embarque dans le monde.

Un jour dans le métro, tu devais avoir trois ans, un vieil Africain s'est assis en face de nous. Pendant un long moment, vous vous êtes regardés sans sourire, les yeux dans les yeux, sans rien dire non plus. Puis il s'est penché vers toi, il t'a tendu la main et t'a dit : toi, tu es une ancêtre. Incertain sur ce qu'il convenait de faire, je t'ai vue poser ta petite menotte dans la sienne et lui répondre « oui ». Je ne comprenais pas comment tu n'avais pas eu peur de ce regard insistant, comment tu pouvais réagir ainsi alors que tu étais pour moi encore un bébé. Je ne comprenais plus rien. Je me suis alors demandé d'où tu venais, qui tu étais, en dehors d'être ma fille. À partir de ce jour, je t'ai vue comme un être entier, venant d'un ailleurs qui me rendait humble et perplexe. Je t'ai vue comme un cadeau. Et surtout, je ne savais plus lequel de nous deux accompagnait l'autre.

Chapitre 8

Orpheline

J'ai changé. Je le sais. Ils sont morts, et moi j'ai disparu. Face à leur absence, ma vie n'a plus de prix. J'étais leur trésor. Et si je ne suis plus l'enfant de personne, alors je me demande pour qui j'existe ?

Quand j'étais petite, je me sentais très seule. Mon statut de fille unique m'était parfois insupportable. J'imaginais dans mes jeux solitaires que j'étais une enfant qui avait été enlevée aux parents d'une famille trop nombreuse et trop pauvre. Je me disais que mes vrais parents m'avaient donnée à ceux-là, plus riches, qui pourraient m'élever, ne pouvaient pas concevoir et m'aimaient déjà comme leur fille. Cela me permettait aussi de pardonner à ce couple qui m'avait recueillie de ne pas m'avoir donné de petit frère ou de petite sœur. Pendant quelques minutes, ou quelques heures, je ne sais plus pendant combien de temps je faisais durer l'exercice, je m'adressais à eux comme une étrangère reconnaissante. Je m'efforçais d'être affectueuse. Je détestais ces autres parents qui n'avaient pas hésité à donner leur chair, puis dans ma grande générosité je leur pardonnais d'avoir voulu pour moi le meilleur en me disant que j'allais devenir riche et célèbre.

Mes parents, qui ne savaient rien de ce jeu, devaient rire de mon étrangeté, peut-être même deviner que j'étais dans un monde qui changeait mon attitude envers eux. Est-ce que les adultes ont conscience de l'univers immense qu'un enfant se construit quand il est seul face à eux ? Je ne sais pas si c'est différent quand on est deux, trois ou quatre enfants. Quand ils m'autorisaient à inviter une amie, pendant le weekend ou pour passer quelques jours de vacances, j'avais l'impression que nos jeux étaient plus normaux que lorsque j'étais seule dans ce monde parallèle dont ils ne voyaient que le personnage principal, leur fille. Le décor et ce que je vivais leur échappaient complètement. Ce que je regrette aujourd'hui, c'est de ne pas avoir fait plus attention à leur monde à eux. Je m'en fichais, je crois. J'écoutais aux portes, bien sûr, mais souvent j'étais déçue. Leurs conversations n'étaient pas du tout intéressantes ; elles ne m'apprenaient rien de passionnant. Rien de ce que j'espérais savoir en tout cas.

Avec cette plongée timide dans ma mémoire, je vois bien que souvent, je me contrains à ne pas trop me souvenir pour ne pas pleurer. L'exploration de mon passé est reléguée à plus tard. Mon futur est incertain et mon présent vacille, mais en même temps je suis vivante et je dois me tenir à ce qui me donne l'impression d'être au monde. Papa, maman ? Je suis là moi ! Et vous, où êtes-vous ? Quelque part, là où nous sommes avant d'être nés ? Là où nous allons après la mort ? Est-ce le même lieu ou un ailleurs différent ?

Est-ce que l'on peut être nulle part, comme on garde le souvenir d'une sorte de rien, cette impression d'être né mais de n'avoir aucun avant ?

Peut-être faudrait-il que je me risque à repenser bien plus au bonheur passé ? Peut-être que cela ne me ferait pas pleurer mais sourire, et que j'aurais du bien-être en revoyant les bons moments que nous avons partagés. Et si je m'étais trompée en m'interdisant de m'aventurer dans les territoires du souvenir comme s'ils étaient bourrés d'explosifs qui allaient me péter à la gueule ? Et si en refusant de penser à vous, c'était bien pire ? Ne vous ai-je pas fait mourir une deuxième fois ?

Vous êtes morts en vrai et je suis en train de vous tuer dans ma mémoire. Et maintenant que je m'en aperçois, j'ai peur. Je voudrais au contraire essayer de vous retrouver. Il faut que j'en termine avec ma chasse aux anecdotes. Je sens que j'ai besoin de mon passé avec vous pour pouvoir envisager l'avenir sans vous.

Cette nuit, j'ai fait un rêve horrible. Je ne me souvenais plus de rien. Je me disais que j'avais eu des parents, mais c'était comme s'ils étaient morts quand j'étais bébé. Je n'avais plus d'images de vos visages, je ne me revoyais pas vivre avec vous. Quelqu'un m'interrogeait et je ne savais plus qui vous étiez et ce que nous avions vécu. Je me suis réveillée en larmes. Est-ce qu'un jour j'en aurai fini de vous pleurer ? Votre absence creuse en moi des gouffres de chagrin que je n'arrive pas à combler. J'essaye de me dire que ce serait de toute façon arrivé, que j'aurais vécu plus longtemps que vous, mais l'injustice de votre départ prématuré ne disparaît jamais.

Je ne suis pas assez bête pour ignorer que ce que je vis n'est pas normal. J'ai choisi de le vivre ainsi, mais je me retrouve seule, avant d'être assez grande pour l'assumer. Je suis comme un petit oiseau dont les parents seraient morts avant de lui apprendre à voler : sur le bord de ma branche, je ne sais pas si c'est le moment pour prendre mon envol, si mes ailes seront assez solides ou si je ne vais pas m'écraser pour avoir décollé trop tôt. Et aussitôt après avoir eu cette pensée, je suis effrayée par la comparaison. Vous êtes tombés du ciel vous aussi, et ce n'était pas dû à votre manque d'expérience personnelle.

On n'est donc jamais complètement responsable de sa propre vie ? Même plus tard ? Parfois, on la confie à d'autres et on devient tributaire de ce qui nous échappe et peut nous être fatal. Quelle fragilité, une vie d'adulte ! Ça, vous ne me l'aviez jamais dit ! Alors moi, avec mes *presque dix-sept ans*, ne suis-je finalement pas aussi armée que vous pour affronter la vie ? Les gens de mon âge n'étaient-ils pas déjà adultes autrefois ? Quand il y avait la guerre, quand on mariait les filles si jeunes, et que les garçons s'en allaient travailler loin de leurs parents ?...

Après tout, je ne suis pas un cas unique. Tout est une question de point de vue. J'ai l'impression d'être une gamine qui pleure sur son sort. Mais quand je me le dis, je sais que j'ai quand même eu le courage de partir, d'abandonner la vie confortable mais tellement effrayante que j'aurais eue avec mes grands-parents. Qui m'a donné cet aplomb ? Une conviction intérieure que je risque de regretter ou l'intuition que quelque chose me protège et me veut libre ?

Au fond, je ne fais rien d'autre que ce qu'a fait papa quand ses parents lui ont refusé le droit d'être musicien. Et maman, pourquoi n'en ont-ils jamais voulu ? Et moi, leur petite fille, qu'est-ce que je leur avais fait ? Pourquoi n'ont-ils jamais eu le désir de me connaître ? Quand j'y pense, tout ça me met en colère.

Mon père les a quittés le jour même de ses dix-huit ans et il ne les a jamais revus. Trente ans plus tard, je leur refais le même coup. J'ai su qu'il avait essayé de les contacter à ma naissance, mais je crois que ça s'est très mal passé. Il n'a jamais voulu m'en parler et maman me faisait les gros yeux quand j'essayais d'aborder le sujet. Il disait que la vraie famille, c'est celle qu'on se fabrique. Peut-être que je lui ressemble !

J'ai embarqué son recueil préféré des *Fleurs du Mal*. J'adorais cette vieille édition usée, que mon père refusait de me donner. Il l'avait trouvé par terre, un jour de spleen, un de ces jours qui ont suivi son départ définitif de la maison de ses parents. Papa disait que les cadeaux de la vie doivent rester en possession de celui qu'ils ont consolé. Il disait qu'il me le donnerait plus tard, quand je partirai de la maison. Le plus étrange, c'est que le jour où j'ai quitté la péniche, j'ai passé la main sur les étagères le long des livres de mes parents et celui-ci s'est accroché à mes doigts et il s'est comme extirpé de la rangée. Alors je l'ai saisi et mis dans une poche de mon sac, trop émue pour regarder lequel c'était. Je l'ai retrouvé, il y a quelques jours, en cherchant une paire de chaussettes. Il date de 1932 et sur la couverture, il est écrit *cette œuvre impérissable fut interdite au moment de sa parution*. J'imagine que mon père de dix-huit ans devait aimer cette inscription rebelle, ces pages jaunies et coupées au coupe-papier. À l'intérieur se trouve une carte postale en noir et blanc ; elle représente le pont Neuf, lieu du premier rendez-vous de mes parents. C'est là qu'un saxophoniste jouait *I love you Porgy* dans les jardins du Vert-Galant. Au dos, l'écriture de ma mère quand elle était jeune. Elle a un peu changé avec les années. Elle est devenue moins appliquée, moins ronde. Elle a noté :

« *Impose ta chance*
Serre ton bonheur et va vers ton risque
À te regarder ils s'habitueront. » *René Char*

Je relis plusieurs fois cette phrase qui avait sûrement du sens pour mon père à l'époque, et qui semble comme un message pour moi, aujourd'hui. Je la remercie intérieurement et la note sur mon petit carnet. Et puis je sombre dans un profond sommeil. Quand je m'éveille, le bus s'est arrêté. Il est à son terminus et tout le monde descend.

Ce doit être Almonte... Je suis un peu perdue, je regarde autour de moi. C'est un village Je l'avais oublié, mais je comprends que je ne suis pas loin d'El Rocio, le lieu de pèlerinage des gitans. Ils viennent chaque année au moment de la Pentecôte honorer Notre-Dame de la Rosée, la reine des Marées. Le chemin se fait à pied, en roulotte ou à cheval et en costume flamenco, et le récit que m'en a fait Marsilio m'a bien fait rêver. Il paraît que dans la journée, les confréries marchent dans la joie, au son des chants et des *coplas*. La nuit venue, les pèlerins dorment en plein air, autour d'un feu où s'organise une fête durant laquelle ils chantent, dansent et partagent nourriture et boisson jusqu'à une heure avancée de la nuit. Après notre séjour en Espagne, j'ai souvent demandé à mon père et ma mère si, un jour, nous ferions ce pèlerinage d'El Rocio. Je me voyais si bien dans une roulotte, traversant l'Espagne et dansant chaque soir. Ils riaient et disaient que oui, pourquoi pas.

Et me voilà maintenant dans ce village, presque par hasard, au mois de janvier, bien loin du moment où des centaines de milliers de personnes suivent la Vierge en chantant. Une des femmes du bus est en train de charger ses sacs dans une voiture. Nous échangeons un regard, elle me sourit, me demande si elle peut me déposer quelque part. Elle va dans la direction d'El Rocio justement. Je voudrais tellement voir cet endroit. De toute façon, je ne sais pas où aller et ce n'est pas aujourd'hui que je vais chercher un moyen de retrouver Marsilio à Huelva.

Je n'aspire qu'à oublier les heures récentes et ma peur d'être poursuivie ou découverte. Je me souviens de mon héroïne préférée, celle du roman d'*Autant en emporte le vent* que ma mère m'avait offert pour Noël. Une des phrases que je préférais dans le livre était celle de Scarlett quand elle avait tout un tas de problèmes. *Je penserai à tout ça demain.* Il est midi, j'ai faim, il faut que je trouve un endroit pour dormir, j'ai sommeil aussi. Alors je dis oui pour partir avec cette femme dans le village de cette Vierge mythique, alors que je ne suis même pas croyante. Je dis oui comme si j'allais trouver, au pied de la statue d'El Rocio, la solution à mes problèmes.

Nous traversons des paysages incroyables. C'est d'une beauté sauvage. Il y a ces marais, des étendues d'eau où se reflètent des arbres dont on ne sait pas bien définir s'ils sont africains ou américains. La femme qui m'a emmenée m'explique que le parc de Doñana est une réserve d'oiseaux et d'animaux presque disparus ailleurs. Elle est propriétaire d'une ferme équestre. Quand elle me demande ce que je fais là tout en me complimentant sur mon espagnol, je réponds que je dois rejoindre mon cousin à Huelva, mais que je voulais absolument connaître El Rocio. Elle paraît flattée qu'une jeune Française soit ainsi intéressée par son village. Je lui demande si elle ne connaîtrait pas un endroit où je pourrais dormir ce soir et elle me propose spontanément de m'héberger.

Je parle de mes parents, de la musique, des pays où nous sommes allés avec un naturel qui m'étonne. J'évite de dire mon nom et je reprends celui de Luz. Je me sens de plus en plus à l'aise parce que j'ai fini par comprendre que personne ne va venir me chercher dans ce coin paumé d'Andalousie. Plus on s'éloigne de la date de ma fugue et plus je suis à l'abri. Je souris aux chevaux sauvages et j'essaye d'oublier que cette nuit, dans cette petite chambre où je me suis sentie en sécurité pendant plus de trois mois, un homme est mort sans que je puisse rien y faire. Je me répète que ce sont des affaires qui ne me regardaient pas, que je ne suis pas coupable d'un règlement de comptes chez les gitans qui m'hébergeaient, mais j'ai un peu de mal à être détachée.

Nous arrivons au village d'El Rocio. Il y a un nombre incroyable d'oiseaux et même des vols de flamants roses. De loin, le village ressemble à une petite ville du Mexique. Les bâtiments blancs, ornés de motifs baroques, semblent avoir été posés au bord d'une immense lagune. La grâce paisible qui se dégage de cette étendue calme mes peurs. Je souris à Maria qui paraît si fière de me présenter sa terre. Si elle savait d'où je sors ! Elle me parle du pèlerinage, de l'émotion incroyable, de l'animation qui s'empare soudain du village empli de couleurs et de chants. En ce moment, c'est beaucoup plus calme, me dit-elle, même si El Rocio attire toute l'année des visiteurs.

Sa ferme est un peu en dehors du village, du côté de la réserve de Doñana, en pleine nature. Quand nous arrivons dans la cour, une nuée d'oiseaux s'envole et Maria me montre les fameuses pies bleues qui crèchent par milliers dans le parc. Je suis heureuse d'être tombée sur cette femme gentille qui vit seule avec ses fils depuis la mort de son mari. Je sens qu'elle est ravie de parler avec moi. Tandis que je l'aide à vider son coffre de toutes les caisses de ravitaillement qu'elle a rapportées de Séville, j'observe le décor typique de sa cuisine qui sert de salle à manger. Les meubles sont vieux et patinés. Près de la cheminée se trouve une grande table en bois massif. Je me demande à quelle période ils font du feu car nous sommes presque en février et il fait vingt degrés.

Après avoir rangé ses achats, Maria m'emmène à l'extérieur de la ferme, dans une sorte de petit bungalow qui va être ma chambre. Il y a plusieurs maisonnettes en bois avec une petite véranda qui donne sur la lagune. Elle les loue quand le village est plein de pèlerins. En ce moment, elles sont vides, mais elle ne veut pas que je lui paye quoi que ce soit pour mon hébergement Elle me précise que c'est elle qui m'a invitée et je sens que si j'insistais, elle serait vexée. Si j'étais Lucille, j'évaluerais immédiatement que c'est une aubaine pour mes économies de voyage, mais je me contente d'apprécier le geste qui achève de me prouver que mes émotions de la nuit trouvent ici un répit.

Tout d'un coup, la vie ressemble à *Viva la Vida* de Coldplay.

Chapitre 9

Vicente *el caballero*

Maria prépare le déjeuner pour ses fils. Je l'aide à éplucher des légumes et elle me raconte sa vie, son enfance dans cette région, son mariage et la maladie de son mari qui avait quinze ans de plus qu'elle et qui a disparu en quelques mois, foudroyé par un cancer. Désormais sans lui, depuis trois ans, elle s'occupe de la ferme équestre avec deux de ses fils. L'aîné est parti en Allemagne où il fait de nombreux spectacles de voltige. Dans la cuisine, accrochée au mur, se trouve une grande affiche de lui. Il est debout sur un cheval, tendant les bras comme s'il venait de terminer un saut périlleux, sa chemise blanche aux manches gonflées par le vent a l'air de flotter autour de lui. Il est très beau et je me demande si ses frères lui ressemblent. Je ne tarde pas à avoir la réponse et je me retiens d'éclater de rire. Un garçon trapu et poilu comme un singe vient de débarquer et se rue sur la miche de pain posée sur le buffet. Une fois la bouche pleine, il demande ce qu'on mange à midi. Sa mère me regarde d'un air fatigué et lui signale que, oui merci elle va bien, qu'on a une invitée qu'il peut saluer, et qu'il doit s'essuyer les pieds avant d'entrer dans sa cuisine et se laver les mains avant de les plonger dans les crudités. Il rit, bouscule d'un geste qui se veut affectueux les cheveux gris relevés en chignon de sa mère, prend une tomate et une tranche de jambon dans le plat et me lance un *hola* sans même me regarder. Puis il s'éclipse avec ses bottes crottées. Maria lève les yeux au ciel et me signale que, contrairement aux deux autres, le cadet n'est pas un *caballero*, ce que j'avais deviné ! Elle essuie son passage odorant en passant une serpillière mouillée sur le sol, puis m'invite à m'asseoir à table.

Comme elle voit que je suis un peu gênée, elle me prend le bras.

— Luz, ne fais pas attention à Julio, il est habitué à être avec sa mère, ses copains, ses frères avec lesquels il est une sorte de rustre, gentil à sa manière. Malheureusement pour lui et heureusement pour la ferme, sa vraie délicatesse n'existe qu'envers les chevaux. Tu vas rencontrer Vicente qui ressemble beaucoup à son père, tandis que l'aîné est mon portrait. J'imagine que ce petit dernier a du prendre le pire de nous deux, ajoute-t-elle en riant, mais il ne faut pas lui dire surtout.

Au même moment, la porte s'ouvre à nouveau et un jeune homme grand et presque blond fait son entrée. Il plonge directement son regard vert foncé dans le mien et me salue presque cérémonieusement avant de se tourner vers sa mère d'un air interrogatif. Avant de lui répondre, elle m'adresse un clin d'œil du genre *je te l'avais bien dit* et l'informe qu'elle m'a rencontrée dans le bus et que je vais dormir là ce soir, ce qui a l'air de piquer sa curiosité.

Pendant tout le déjeuner, Vicente ne cesse de me regarder tout en me posant des questions sur ma vie en France, sur Paris et ce que je suis venue chercher ici. Sur ce point, je reste assez floue et continue à me réfugier derrière ce cousin de Huelva que je déclare français. Il faut avoir de la mémoire pour mentir. J'en dis le moins possible pour ne pas me faire piéger. Quand il me demande mon âge, j'hésite. J'ai envie de le laisser deviner afin de savoir l'âge qu'il me donne avec cette coupe de cheveux. Il me scrute attentivement, comme s'il allait lire la réponse dans mon regard. Je sens que je rougis.

— Dix-sept ou dix-huit maximum, sûrement pas plus.

J'opte pour dix-huit ans depuis une semaine, et me réjouis intérieurement de son évaluation. Est-ce que l'on peut faire l'âge que l'on désire avoir par un simple mécanisme de persuasion ? J'en doute, mais pour moi qui étais toujours pressée d'être plus âgée, me voilà enfin exaucée ! Maria a l'air ravie de notre conversation. Son fils chimpanzé n'a reparu que pour s'empiffrer et il a quitté la table précipitamment pour s'occuper de je ne sais quoi. Je n'ai rien compris à son espagnol encombré de ce qu'il mangeait.

Maria suggère à Vicente de m'emmener avec lui cet après-midi pour que je visite un peu le parc de Doñana et que je voie les chevaux. Il hausse un sourcil. Tu sais monter ? Je bredouille que je m'en sortirai et je repense fugitivement à quelques balades à cheval, lors des différents voyages avec mes parents. J'ai déjà trotté ou galopé quelquefois. Je n'ai sans doute aucun style, mais je m'en sors et je n'ai pas peur, alors on verra bien. De toute façon, avec le regard qu'il me lance, je sens bien que si Vicente me proposait de monter un éléphant croisé avec une girafe, je serais d'accord. Après la tendance macho affirmée de mes copains *gitanos*, ça fait un bien fou de rencontrer un garçon plutôt normal avec les filles.

Maria, qui a décidément une tendance à m'adopter facilement, me tend une paire de bottes. « Essaye, tu seras plus à l'aise dans les hautes herbes de Doñana. Donne-lui un cheval tranquille, fils, elle ne connaît pas la région. Et prends soin d'elle, c'est mon invitée. » Vicente lui fait un signe rassurant et me décoche un regard vert émeraude qui me désarçonne à nouveau, alors que je ne suis même pas encore en selle.

Quelques minutes plus tard, j'aimerais vraiment que toutes ces garces qui me prenaient pour la demeurée de la classe de terminale parce que j'étais la plus jeune et n'étais jamais repérée en train d'embrasser personne me voient maintenant sur mon cheval blanc aux côtés de ce bel hidalgo. Parfois, je me fichais de ma mère quand je ramenais un copain de classe à la maison et qu'elle disait qu'il était charmant. Je n'ai jamais trouvé aucun de mes copains charmant. Je jugeais ce mot trop niais, trop prince, trop « pas de ma génération ». Ça y est, maman, je viens de saisir ce que c'est le charme. C'est une sorte de sourire en coin, naturel, qui accompagne aussi des yeux qui sourient. C'est une façon de bouger les mains dans l'espace, de serrer le cheval avec les jambes, de claquer de la langue pour qu'il avance sans le brusquer. C'est un mouvement de tête impatient pour chasser une mouche comme si on remettait une mèche en place, un port de tête, un regard sur l'horizon. C'est le timbre particulier d'une voix qui me demande si tout va bien avec une pointe d'accent andalou.

Ajoutons à cela que ça m'est déjà arrivé souvent, en voyant un film, d'être exaspérée parce que le paysage, les biches, les bêtes sauvages, la lumière sur les marais, la mer au loin, le galop sur la plage, le jour qui décline... Le type est beau, la fille est en train de tomber amoureuse grave... Ils en ont fait un peu trop. Ils y sont allés fort et ça sent l'eau de rose à plein nez. C'est plus du romantisme, ça bave et ça devient de la guimauve écœurante... Eh bien, voilà. Dans la vie, ça existe aussi. Avec la bande-son, le coassement des grenouilles, le cri des flamants roses, le vol des oiseaux migrateurs, mais en plus la bande-odeur qui n'est pas au cinéma : les effluves iodés du marais, le parfum des fleurs et des pinèdes enlacé à celui des chevaux. Tout est là, et c'est moi l'héroïne. Et je ne trouve pas ça désagréable ni exagéré. Juste magique. Un sourire béat flotte sur mes lèvres et, pour la première fois depuis très longtemps, j'ai envie de vivre, vivre... longtemps, toujours, et d'être heureuse. Parce que, cette fois, je saurai dans un coin de ma tête que ça existe !

Vicente me fait rire, me dévoile les lieux cachés du parc, m'entraîne vers des troupeaux de chevaux sauvages, me montre que certains sont marqués et qu'ils appartiennent à tel ou tel propriétaire d'Almonte. Il me raconte le traditionnel rassemblement de toutes les juments qui ont passé l'année dans les marais avec leurs petits. Nous partons à la recherche d'un couple de *Linces ibericos*, des lynx qu'on ne trouve que dans cet endroit de l'Espagne. Nous mettons pied à terre et approchons doucement, mais ils ne sont pas là où il les a repérés plusieurs fois. Je me moque de lui, alors il me poursuit. Comme il est bien plus habitué que moi à courir dans les hautes herbes, il a vite fait de me rattraper. Vu mon niveau, je n'essaye surtout pas de m'enfuir à cheval. C'est le coucher du soleil, nous galopons sur la plage et je commence sérieusement à me demander comment je vais faire pour qu'il ne s'aperçoive pas que je suis en train de tomber amoureuse. Dans un premier temps, cramponnée à ma selle, j'essaye de ne pas tomber tout court, tandis que, fronçant un sourcil en voyant ma position incertaine, il me donne quelques consignes pour que je me tienne mieux. Je n'écoute rien. J'ai beau me répéter que c'est la beauté de l'endroit et peut-être un peu la sienne qui me jouent des tours, je n'arrive pas tellement à croire ce que je me raconte. Et surtout je m'en fous. Tout ce qui me rend à la vie est immense, irremplaçable.

Quand nous rentrons au pas à travers les hautes herbes, la lune se lève sur les marais et les chants de la nuit ont pris place. Seuls les flamants roses continuent à cancaner. Parfois il semblerait qu'ils rient en nous voyant passer. Dans la pénombre de l'écurie, j'aide Vicente à rentrer les chevaux dans leur box. En rangeant les selles, je suis tout près de lui et je peux sentir sa respiration dans mes cheveux quand il soulève les rênes pour les accrocher. Je m'éclipse vers mon bungalow pour aller prendre une douche. Vicente m'appelle avant que je m'éloigne. « Luz, c'était un bel après-midi, non ? Tu as aimé Doñana ? » J'arrive à peine à bredouiller que je le remercie et je fuis vers ma chambre.

Quelques minutes plus tard, je fouille au fond de mon sac à dos. Une robe, je dois bien avoir une robe. Je n'en mettais jamais à Séville. Celle que je portais pour danser me suffisait. Mais là, je voudrais une robe. J'essaye, je tournicote devant la glace. J'ai l'impression d'être un flamant rose qui a mis un jupon... Je vois mes jambes et elles ont une forme bizarre. Les genoux sont étranges, pas normaux, les mollets déformés. Et puis elle est froissée, cette robe. Au dernier moment, je l'enlève. Je ne veux pas avoir l'air de... devant sa mère... de quoi au juste ? Déjà que ça doit se voir sur mon visage ! Je choisis un nouveau jean, un pull un peu décolleté, noir mais simple. Et je passe devant la glace en ignorant délibérément mon reflet. Je regrette tellement mes cheveux blonds qui frôlaient mes épaules. Je me sens nue, comme si je ne pouvais plus jamais séduire personne sans eux. Cette fois, c'est moi qui arrive la dernière dans la salle à manger-cuisine de Maria. Le frère singe de Vicente a l'air de s'être douché et m'observe comme s'il me voyait pour la première fois. Vicente me fait un grand sourire complice qui me met le feu aux joues. Instinctivement, je jette un coup d'œil à sa mère, mais Maria est tournée vers sa cuisinière et surveille attentivement un plat de viande qui répand une odeur incroyable. J'ai faim et pourtant j'ai l'estomac noué.

Maria veut que nous lui racontions où nous sommes allés. Elle aime et connaît tous les endroits les plus secrets de ce parc. À sa façon de lever un sourcil ou d'apprécier notre récit, je vois sa passion pour la nature et pour cette terre. Elle rit de la naïveté de son fils pour le lynx.

— Souviens-toi, nous l'avions vu très tôt le matin, la dernière fois. Il y a un point d'eau à cet endroit, mais en plein après-midi, tu n'avais aucune chance.

Il proteste comme un enfant.

— Je l'ai déjà rencontré là, en pleine journée. Il reste dans les parages quand sa femelle a des petits. Nous y reviendrons, n'est-ce pas ?

Il suppose donc que je vais rester à la ferme quelques jours. Je flamboie à nouveau, mais Maria s'est lancée dans la description de ce gros chat sauvage, de la beauté de ses oreilles dressées et de son pelage. Je me raccroche à sa description en évitant les émeraudes de Vicente.

— Vous avez de la chance d'habiter dans un endroit si beau.

— Je l'ai toujours dit à mes fils, mais le premier ne rêvait que de grandes villes, de voyages et de spectacles prestigieux. Et Vicente aussi voudrait partir et reprendre ses études à Madrid.

— Je ne sais pas, maman. Je suis encore là. Est-ce que Luz va rester quelques jours ?

Cette fois, Maria ne peut pas ignorer l'intérêt que me porte son fils. Elle se tourne vers moi.

— Je ne sais pas quand tu dois rejoindre ton cousin à Huelva, mais tu es la bienvenue ici.

— Eh bien, je crois que je pourrais l'appeler pour lui dire que je viendrai un peu plus tard que prévu. Il travaille dans les serres et je ne pourrai le voir que le soir de toute façon. Après tout, je suis là pour visiter la région.

— Est-ce que c'est ton cousin germain ?

— Euh, non, pas exactement. C'est mon cousin par alliance. Et il a vingt ans de plus que moi.

Comment est-ce que je peux répondre avec autant d'aplomb ? Le mensonge est maintenant devenu ma seconde nature. Mais il est emmêlé à tant de vérité.

À la fin du repas, j'aide Maria à tout ranger tandis que Vicente s'éclipse avec son frère. Peut-être que je ne le reverrai pas avant demain. J'en ai une petite morsure au cœur en repensant à cette journée de rêve. Je rentre en silence vers mon bungalow, mais l'appel de la nuit est trop fort. La lune est toute ronde. La nuit est magnifique et le froid qui contraste avec la douceur ensoleillée de la journée pénètre à travers les mailles de mon pull. Je vais chercher mon blouson et ressors pour m'approcher des marais, écouter les oiseaux.

Pour la première fois, je me rends compte que je n'ai pas pensé à mes parents durant toute la journée. Je n'ai même pas vécu ma vie comme la fuyarde que je suis depuis quelques mois. J'ai oublié le meurtre, mon départ précipité de Séville. Cette terre m'a arrachée à la souffrance, à ce qui me poursuit depuis mon départ. Cette terre est si vivante qu'elle m'insuffle quelque chose d'éternel. Je sursaute en entendant une branche craquer derrière moi. Je me retourne, le cœur battant. Vicente s'avance vers moi. Il tient les rênes de deux chevaux sellés.

— Ça ne plairait pas à ma mère, mais que dirais-tu d'une promenade nocturne ?

Avec les heures à cheval de cet après-midi, je marche comme un cow-boy du Texas et j'ai aussi mal aux fesses que si on m'avait battue. Mais je préférerais mourir plutôt que de l'avouer. Pour toute réponse, je lui souris et il m'aide à monter. Je n'ai même pas envie de savoir si c'est dangereux. On y voit parfaitement bien, et je trouve cette idée sublime. Le regard de Vicente est encore plus magique dans la pénombre de cette belle nuit. Je ne peux m'empêcher de continuer à penser que mon film est très réussi. L'héroïne manque un peu d'expérience amoureuse, mais le décor devrait sûrement l'aider.

Quand nous rentrons à la ferme après avoir enfin vu les lynx, et tous les animaux que l'on peut croiser quand l'agitation du jour a disparu, il doit être deux heures du matin. Je suis fourbue, mais ivre de joie. Pourtant, j'ai très mal au bras ; je suis tombée en galopant et Vicente a eu très peur. Ah, ce regard inquiet et la chaleur de ses mains quand il a inspecté mon épaule, mon poignet, mon coude ! Au moment de nous quitter, alors que je lui tends une joue timide, il m'enlace et pose ses lèvres sur les miennes. S'ensuit un baiser d'une longueur phénoménale et dans lequel je me laisserais bien aller pour une semaine si mon cœur ne menaçait pas de lâcher tant il bat fort. Mais apparemment, je ne décide pas de grand-chose car, de façon tout aussi soudaine, Vicente me plante là, vacillante sous la petite véranda en bois de mon bungalow et, en se retournant après quelques pas, me lance : *Hasta mañana Luz de mi corazon.*

Ben voyons, et après ça, il croit que je vais dormir ? Je tremble tellement que je fais tomber tout ce que je touche. Je ne sais pas combien de temps je reste allongée dans le noir les yeux grands ouverts à me repasser le film de cette journée et cette apothéose buccale. Oui, oui, ce mot-là : apothéose, que j'avais dû travailler en français. Apothéose : déification des empereurs romains après leur mort au sens historique, ou encore la partie finale et brillante d'un spectacle, les honneurs extraordinaires rendus à quelqu'un... Décidément, je pète un câble ! Est-ce que je l'aime ? Je ne sais pas. Mais je suis amoureuse, ça c'est sûr. Et lui ? Je me fonds dans la musique de Cocoon, *To Be Alone With You*. Et soudain, je la sens : la douleur me déchire le bras.

La première fois que je suis tombée vraiment amoureuse, j'avais treize ans. J'avais envie que mon cœur puisse déborder quelque part, mais je n'avais pas de mots, alors j'ai composé une mélodie au piano, ma toute première. Quand je vois ce qu'on peut faire avec vingt-six lettres et ce qu'un musicien fait avec sept notes, j'ai choisi mon camp. Avec des mots, on est déjà impuissant pour raconter ce que nous fait la musique, alors...

J'étais toute gênée de faire entendre ma musique à mon père. Mais j'étais fière aussi, parce qu'il l'avait beaucoup aimée. Il m'avait même accompagnée à la contrebasse. Je lui avais demandé quand il avait commencé à composer et pourquoi.

— C'est une drôle de question ça, pourquoi ?

C'était certainement une question difficile, mais il avait tenu à me répondre. Pas seulement pour me faire plaisir je crois, mais parce qu'il sentait que c'était important de tenter de me décrire ce qu'il vivait depuis des années en composant de la musique.

— C'est arrivé quand je vivais encore avec mes parents. Le piano était mon seul compagnon et mes émotions devenaient de la musique quand elles étaient trop immenses. Je ressentais la musique, et c'est encore le cas aujourd'hui, comme si elle me parlait de tout ce que je vivais, tout en me faisant devenir plus léger.

Il s'était excusé de ne pas arriver à me décrire mieux les sensations exactes de la musique qui arrivait dans ses doigts.

— Je crois que j'entends ce que je ne comprends pas, a-t-il fini par me dire avec un sourire gêné.

Tu vois, papa, j'aimerais bien avoir un piano ce soir.

Les jours qui suivent ressemblent au paradis. Même si au lendemain de cette balade nocturne, je me réveille en enfer. La moitié de mon corps est une grande douleur. Maria se sent coupable parce que je suis tombée du cheval. Nous ne lui avons évidemment pas dit que c'était pendant la nuit. C'est elle qui a insisté pour que je reste jusqu'à ce que mon bras aille mieux. Elle a tenu à ce que le vétérinaire qui venait voir ses chevaux examine mon bras pour voir si je n'avais rien de cassé. Très fort ce vétérinaire ! Il m'a arraché un cri de douleur, mais il a remis mon épaule en place avant de me mettre une bande que je dois garder serrée pendant quelques jours. On me dorlote et ça fait un bien fou. Si j'étais moins amoureuse, j'aurais sûrement beaucoup plus mal !

Maria n'a pas l'air d'avoir remarqué ma complicité avec son fils ou alors je n'ai rien compris et elle veut rester discrète. J'aide à la ferme où il n'y a pas seulement des chevaux mais aussi des poules, des cochons, des lapins. Un jour, j'accompagne Vicente pour une vente d'étalons au village, où les rues de sable semblent avoir été conçues pour les chevaux.

J'apprends à connaître mieux Julio, le frère que je ne nomme plus *le singe* en pensant à lui. Il peut être aussi doux qu'il est abrupt et il connaît mieux encore que sa mère et ses frères les secrets de la nature. Il m'emmène récolter du miel sauvage. Maria ne veut toujours pas que je la paye, alors j'achète de la nourriture pour compenser.

J'ai voulu faire une tarte à la tomate et j'étais fière de l'avoir réussie. Mais en la goûtant, j'ai failli me mettre à pleurer, tant elle me rappelait ma mère et les moments que nous passions ensemble en vacances, quand elle arrivait avec ses cheveux encore pleins des couleurs de ses tableaux et que nous nous mettions à cuisiner en écoutant les morceaux de papa. Pendant l'année scolaire, je ne cuisinais jamais avec elle. Nos moments gastronomiques étaient réservés aux vacances. Ma mélancolie n'a pas échappé à Vicente qui m'a ensuite emmenée dans les dunes sauvages de la plage. Je ne lui ai rien dit.

Aujourd'hui, j'ai failli lui avouer la vérité, mais un je-ne-sais-quoi m'a retenue. J'aime quand il m'embrasse et que nous nous allongeons dans le sable. Il est de plus en plus hardi quand il part à la découverte de mon corps et ses mains sur mes seins m'emportent dans d'infinies rêveries. J'ai l'impression de me perdre, de me laisser porter par les caresses. Il a des mains magnifiques et j'adore ces moments où rien ne compte que nos baisers, nos câlins, notre désir que nous laissons grandir sans le bousculer. Parfois, j'ai l'impression que je pourrais m'évanouir quand il me touche ainsi. Elles semblent s'écouler indéfiniment, ces minutes, en frissons et rythmées par le chant des oiseaux des dunes. C'est la sensation d'une autre vie que je ne connais pas encore, mais qui est là, tout près de moi. Je crois que lui aussi est amoureux. Enfin... C'est ce que je crois percevoir. Parfois, il me serre très fort, et semble me désirer plus encore, mais je sens qu'il se retient et j'aime cette manière de ne pas vouloir aller trop vite. Il a toujours une façon très douce de tester si je suis d'accord. Tout se passe sans mots, parfois avec un regard, mais, le plus souvent, dans la perception subtile de ce que je vais le laisser faire. Il gagne du terrain et je le laisse venir. Il me cerne et me pousse à l'impatience. Je lui offre et lui reprends tout aussitôt ce que je brûle de lui donner. Nous jouons tellement que souvent quand nous rentrons, j'ai peur que sa mère et son frère ne s'aperçoivent de cet amour qui déborde.

J'ai retrouvé une énergie que je croyais définitivement perdue. Ce matin, j'ai fait les comptes, ce que je n'osais jamais faire depuis mon départ. J'avais l'impression que ce devait être catastrophique, mais en cinq mois je n'ai dépensé que six cent quarante euros. Cela m'étonne de m'être aussi bien débrouillée. Il n'empêche, je suis quand même à un tiers de mes économies et il me reste encore plus d'un an avant d'atteindre la majorité. Ai-je une chance de travailler quelque part sans qu'on me demande mes papiers ? Ou d'échanger mon travail contre le gîte et le couvert ? L'incertitude de mon voyage est l'ombre de la lumière d'un phare. Suivant les moments de ma journée, elle m'apparaît ou reste cachée quand je suis tout entière absorbée par mon histoire d'amour.

Le temps est passé vite jusqu'à maintenant, mais il me semble toujours trop long quand je considère ce qui me sépare du jour où je ne serai plus obligée de trembler parce que je suis une mineure en fuite. Le jour de mes dix-huit ans, j'hériterai sans doute de quelque chose et je pourrai reprendre mes études. Comment vais-je faire pour reparaître comme si je n'étais pas partie sans être obligée de me justifier ? Je n'y ai jamais vraiment réfléchi. Ces questions que j'ai sans doute repoussées parce qu'elles ajoutaient un poids à celui que j'avais déjà font surface maintenant. Comme si j'avais à présent le courage de les affronter. Je me sens si légère depuis trois semaines que je suis à El Rocio. Je ne sens même plus la douleur de mon bras et je remonte à cheval. Maria a exigé que Julio me fasse faire quelques tours de manège pour que je sois plus à l'aise dans les dunes. Je crois que j'ai fait beaucoup de progrès. Parfois, dans un éclair de lucidité, je me questionne : est-ce bien moi cette fleur bleue, crétine amoureuse de son bel Espagnol ? Je ne me ressemble plus. Pourtant quand j'envisage de partir, de quitter Vicente et de reprendre la route, cela me semble facile. Comme si aimer, c'était partir et ne conserver que le souvenir du meilleur.

Ce matin, en me dirigeant vers l'écurie où je dois retrouver Vicente, l'air me semble parfumé de jasmin. Ce sera bientôt le printemps. J'entends des voix féminines... Maria et une autre que je ne reconnais pas. Vicente sort avec les chevaux et ne me jette pas un regard. Il a l'air en colère. Sa mère s'avance vers moi avec une jeune fille qui doit avoir environ dix-neuf ou vingt ans. Elle est très brune, ses grands yeux sombres me détaillent de la tête aux pieds. Sa bouche charnue et maquillée de rouge vif fait la moue. Elle se présente en me tendant la main d'un air hautain. Pilar. Je suis la fille del Alcalde. J'ai été élevée avec les fils de cette famille et bientôt je serai mariée à Vicente. Je me retiens d'éclater de rire. Son air altier, sa façon de s'adresser à moi comme si j'étais sa servante, tout est comique. Je suis médusée. Ça existe, ça, en 2009, une fille de vingt ans qui se déclare fiancée comme si c'était un mariage princier ? J'entends immédiatement la voix de ma copine Fadila dans ma tête, *c'est qui cette bouffonne qui te chourave ton keum !* Mais je ne sais pourquoi, en même temps que le rire qui me vient, quelque chose me dit qu'elle surveille ma réaction, alors je lui rends son faux sourire.

— *Encantada.* J'ai la chance d'avoir été accueillie par cette merveilleuse famille qui me fait connaître votre magnifique région.

Je tartine de superlatifs tout en jouant la touriste.

— Vous allez rester longtemps ici ?

Visiblement, la propriétaire jalouse n'a pas terminé son enquête. Maria me dispense de répondre.

— Luz prend quelques vacances avec nous avant de rejoindre son cousin à Huelva.

Maria s'éclipse en me souriant comme pour compenser. Pilar saute avec aisance sur son cheval magnifique et interpelle Vicente : *Vamos, mi amor ?*

Vicente lève les yeux au ciel et me tend les rênes de la jument que je monte depuis que je suis là. Je m'apprête à lui demander s'il est sûr de vouloir que je les accompagne quand la créature me sert son plus cordial sourire.

— Venez avec nous, Luz, je vous montrerai les terres de mon père.

Ah oui, je comprends ! Démonstration de puissance de la petite fille riche. Je soupire et me hisse péniblement sur mon cheval qui me paraît aujourd'hui plus gris que blanc. Le reste de la promenade est une succession d'effondrements. Pilar galope aux côtés de Vicente, monte avec la grâce d'une Amazone, se glisse entre lui et moi, réussit à le faire rire, lui parle dans un espagnol mâtiné de patois que je ne comprends pas. Je ne suis là que pour constater ma petitesse et mon désastre ; et quand je tente de capter son regard, il se détourne et s'enfonce dans le piège de Pilar sans parvenir à lui échapper. À un moment où, lassé de son manège, il chevauche seul devant nous, la traîtresse me parle de son futur mariage et, sur le ton joyeux d'une copine qui me glisserait une confidence, m'apprend qu'ils couchent déjà ensemble en cachette des parents avec un regard énamouré qui m'achève.

Quand je reviens à la ferme, je reste prostrée dans mon bungalow. Voilà ! Seuls les événements pourris de la vie ne s'inversent jamais. Mes parents ne reviendront jamais sur Terre, mais tout ce qui arrive de génial se casse la gueule avec une implacable régularité. Je suis sacrément stupide d'avoir cru à un petit bout de bonheur. Ce n'est pas tant le pincement de jalousie qu'elle a réussi à me planter dans le cœur, c'est plus encore d'avoir constaté que je suis à des années-lumière de cette culture à l'ancienne. J'ai l'impression d'être sortie avec un chevalier du Moyen Âge qui doit désormais rentrer dans le rang. J'hésite entre la rage, le rire nerveux et la consternation.

Un coup tapé à ma porte me sort de mes sales pensées. Affolée, je devine que c'est lui. J'essuie mon visage et tente de me composer une tête normale pour lui ouvrir. Vicente ne me laisse pas dire un mot. Il se précipite sur moi, me prend dans ses bras, m'étouffe de ses baisers. Trop facile ! Je me dégage en colère. Mais il colle sa main sur ma bouche pour m'empêcher de parler et me balance que Pilar est une insupportable jalouse complètement cinglée et qu'il n'a absolument pas l'intention d'épouser qui que ce soit et surtout pas elle. Puisqu'on en est là, amusons-nous un peu :

— Et c'est parce que tu n'as absolument pas l'intention d'épouser cette héritière que tu as juste couché avec elle, pour voir si elle est plus sympa à l'horizontale que perchée sur un cheval ?

Vicente blêmit devant ma question. Il ne s'attendait visiblement pas à ce que Pilar me fasse des confidences aussi précises.

— Luz, c'était il y a longtemps. J'étais un puceau et elle a un an de plus que moi. À cette époque, j'étais amoureux d'elle et flatté qu'elle s'intéresse à moi. Elle est vite devenue odieuse. Et depuis qu'elle s'est mis en tête cette histoire de mariage, c'est pire encore : elle me surveille et, dès que je m'intéresse à une fille, elle sème la pagaille. Jusqu'à maintenant, elle n'avait jamais raconté qu'on avait couché ensemble. Les filles d'ici sont plutôt prudes et ne crient pas sur les toits qu'elles ne sont plus vierges. Elle a dû penser qu'il fallait frapper fort. Tu dois drôlement lui faire peur. Tu sais, elle vient d'une famille un peu traditionnelle. Je suis différent d'eux, mais c'est un village ici... Elle a réussi à te rendre jalouse ? Incroyable, elle est tellement ridicule !

— Mais pas du tout. Mais moque-toi, tu n'avais pas l'air de trouver ça très drôle pendant la promenade ! Je ne suis pas du tout jalouse de cette timbrée...

Vicente ne peut se retenir de rire et, à nouveau, je le trouve irrésistible.

— Je vais partir, Vicente ; ça ne peut pas durer, de toute façon il faudra que je m'en aille... euh, rejoindre mon cousin.

— Attends, reste encore une semaine, s'il te plaît. Ma mère t'aime bien ; ça ne la dérangera pas. Et puis ensuite, tu t'en iras. Mais reste... Je serai trop triste si tu t'en allais maintenant.

Vicente a poussé la porte avec sa botte et tout doucement il m'a emmenée vers le lit en ne cessant jamais de m'embrasser. Contrairement à nos voyages dans les dunes où je savais qu'il remontait la rivière de mes rêves, je comprends qu'il est proche de m'y trouver. Je me laisse faire en me disant que j'ai tort, mais tout bien considéré, si je ne vais pas jusqu'au bout avec un garçon dont je suis vraiment tombée amoureuse, ça n'a pas de sens. Il me caresse et cela dure si longtemps que je ne sais plus à quel moment nous commençons à faire l'amour. J'avais peur, et maintenant j'ai un peu mal, et c'est moins agréable que les caresses, mais je suis si heureuse de passer de l'autre côté de ma vie que peu m'importe que mes sensations physiques ne correspondent pas à ce que j'ai imaginé. L'impatience de Vicente qui contraste avec son ancienne retenue me plaît.

Quelques instants plus tard, je déteste découvrir qu'il a un préservatif dans sa poche de jean comme s'il avait tout planifié. Il a saisi mon regard et il chuchote à mon oreille qu'il l'a depuis plusieurs jours avec lui, depuis que nous jouons avec le feu, lors de nos promenades de plus en plus sensuelles dans les dunes de Doñana. De toute façon, je suis prête à croire tout ce qu'il dira. Je crois que je me suis déjà noyée dans son regard depuis sa première entrée dans la cuisine, depuis notre première promenade. Je comprends soudain Pilar qui voit Vicente lui échapper, je comprends le regard des filles que j'ai vues en ville, et qui m'ont foudroyée simplement parce que je chevauchais à ses côtés. Je sens que le désir est un sentiment magique, mais que la possession qu'il engendre le rend dangereux.

Je repense à mon désespoir, quelques minutes plus tôt et je me dis que la vie est la chose la plus merveilleuse et la plus terrible au monde. Je me dis que c'est peut-être stupide de faire l'amour avec un garçon que je ne reverrai jamais, que ça va être plus dur de le quitter. Je me dis que je préfère vivre avec le regret de ce moment, plutôt qu'avec le remords de ne pas l'avoir vécu. Et puis, je ne me dis plus rien du tout.

J'écoute mon corps, sa surprise, sa douleur, son plaisir, son envol et sa tristesse. Je hurle *je t'aime* dans ma tête en français et en espagnol, mais ni dans ma langue ni dans la sienne le son ne sort de ma bouche.

Il s'est endormi et moi, la fille qui ne croyait plus à rien, je confie cet amour à la Vierge d'El Rocio, en la priant pour qu'un jour, plus tard, quand ma fuite sera terminée, nous nous retrouvions.

Le soir au dîner, j'ai les joues si brûlantes et si rouges que Maria me demande si je ne suis pas malade. Je réponds que j'ai un peu de fièvre, tandis que Vicente s'étrangle dans sa soupe de haricots. Je pars me coucher tôt, et il me rejoint dans la nuit.

Pourquoi ai-je envie de recommencer si c'était douloureux ? C'est un mystère, mais surtout, grâce à cette première nuit ensemble, je fais la plus extraordinaire des découvertes : plus jamais je ne pourrai dormir seule sans penser que c'est du temps perdu. C'est merveilleux de le serrer contre moi, de me blottir contre lui en sentant les heures noires qui s'écoulent doucement, de savoir que nous serons jusqu'au matin enlacés dans le chant des grenouilles. Nous nous enroulons, nous caressons, puis nous endormons. Plus tard, dans un demi-sommeil, nous refaisons l'amour encore. Au réveil, j'ai l'impression d'avoir passé la plus belle nuit de toute ma vie. Jamais je n'aurais imaginé que sentir pendant des heures le corps nu d'un garçon contre le mien m'aurait apporté un tel bien-être. Je suis née cette nuit-là. C'est tellement incroyable que je n'ai qu'une envie, le retrouver à la faveur de la prochaine nuit. Le jour suivant me paraît donc d'une longueur inhabituelle.

Vicente m'a rejointe chaque nuit qui a suivi, et la dernière avant mon départ, nous n'avons presque pas dormi. Aux premières lueurs de l'aube, quand j'ai senti son corps s'abandonner, enroulé autour du mien, j'ai gardé les yeux grands ouverts dans la pénombre ; j'ai essayé d'imprimer chaque sensation de lui, comme pour continuer ma route, ivre d'amour.

Ma petite fille, je ne crois pas que les parents soient capables de raconter la vérité quand ils disent à leurs enfants ce qu'ils ont vécu lors de leur rencontre. Le jour où j'ai rencontré ton père, je l'ai d'abord entendu. Pendant une heure, il y avait le son de ce piano, au fond du bar où nous avions débarqué avec des copains de mon école d'art. Nous étions une dizaine à fêter le premier jour des vacances et je me sentais captée par ce piano qui distillait des mélodies très douces. Je me demandais comment les autres pouvaient continuer à échanger. Ces morceaux n'avaient rien d'un fond sonore, mais, au contraire, réclamaient une écoute attentive. N'y tenant plus, j'ai eu envie de me rapprocher du piano, je ne dis même pas du pianiste. Peu m'importait l'interprète, seule la musique que j'entendais comptait.

Je me suis assise derrière lui, tout près, avec mon verre de bière, et j'ai applaudi à la fin du morceau. Il s'est retourné, surpris, et j'ai découvert un garçon d'à peine vingt ans au visage doux. Quand j'ai demandé, quel est le compositeur de ce que tu joues depuis une heure ? Il a répondu : ce sont mes compositions et j'ai cru qu'il plaisantait. Il m'avait semblé qu'il jouait des sentiments qui étaient les miens quand je peignais. Il était comme mon double musical. J'ai pris l'habitude de venir l'écouter chaque jour.

Je crois qu'au début, il m'a prise pour une de ces filles qui s'agglutinent autour des musiciens, mais pour qui leur musique importe peu. Cela m'a profondément vexée. Puis j'ai pensé qu'il m'offrait à boire parce que je m'intéressais à ses compositions. Alors je l'ai invité dans mon atelier. J'avais fait un portrait de lui au piano. Quand il s'est reconnu, il s'est retourné vers moi, et il m'a demandé comment je pouvais savoir tant de choses sur lui. J'avais dix-neuf ans et c'était la première fois que je tombais amoureuse d'un garçon avec la certitude qu'un jour nous ferions notre vie ensemble. J'ai d'ailleurs décidé, dans un sursaut de lucidité, de ne surtout pas croire à cette intuition qui m'impressionnait beaucoup trop. Après cela, nous nous sommes beaucoup disputés, beaucoup séparés pour ne pas nous avouer que cette rencontre nous bouleversait.

Chapitre 10

Le vol

Je ne sais pas comment j'ai pu être aussi bête. Peut-être que certains jours, on finit par penser que le monde est aussi doux que le temps qu'il fait. Je venais d'écouter Gush, *In the Sun*, et en arrivant sur cette petite plage, j'ai eu le sentiment d'un immense bonheur, une sensation de bien-être délicieuse : le sable n'était pas très fin, mais l'eau était transparente : c'était une journée idéale pour se baigner. J'ai eu tout de suite envie de glisser mon corps entre deux vaguelettes ; je me suis vue flotter, renversée sur le dos, mater les nuages en fermant mes paupières mouillées pour sentir la caresse du soleil. J'avais envie de revivre l'histoire avec Vicente, nos adieux, notre dernière nuit, nos promesses de nous retrouver un jour. Et même si cela ne devait jamais se produire, la mélancolie que j'aurai toujours en explorant les failles de mon cœur face à ce premier amour.

Comme ces quatre semaines passées dans le parc de Doñana, la liberté totale de mon voyage, qui avait pu m'effrayer jusque-là, m'est apparue avec tous ses côtés positifs. Assez fantasmé ! J'ai posé mon sac à dos contre un rocher, viré mon jean et mon blouson en deux temps trois mouvements, enfilé un maillot. Par je ne sais quel miracle, j'ai roulé mon tee-shirt avec à l'intérieur mon lecteur mp3 et mon casque que j'ai placés en l'air, entre deux branches d'un arbre. J'ai sorti une serviette de bain que j'ai posée sur mon sac à dos et à moi la plage déserte. Je ne sais pas combien de ce temps divin s'est écoulé à jouir de ce que j'avais imaginé quelques minutes plus tôt. Pour la première fois depuis longtemps, ma vie ressemblait à un destin que j'avais pris en main et que je n'avais plus l'impression de subir.

C'est la sensation soudaine d'être observée qui m'a fait jeter un coup d'œil vers mes affaires. J'ai eu le temps d'apercevoir deux silhouettes qui s'éloignaient rapidement avec mon sac et mon blouson. Je suis sortie de l'eau en quatrième vitesse, j'ai couru en hurlant : « Mon sac, hé vous, mes affaires... *Ladrones*, help ! » Trop tard ! Ils ont laissé tomber dans leur course mon jean, ma serviette et il me reste aussi mes chaussures que j'avais gardées jusqu'au bord de l'eau pour marcher dans les petits cailloux. Ils n'ont pas dû voir le tee-shirt dans l'arbre. Maigre consolation : j'ai de quoi me vêtir, pas de sous-vêtements, mais un maillot mouillé et... ma précieuse musique.

Mais le bilan de ma négligence est très lourd : le passeport de Lucille, les vingt euros que je venais de retirer, mon portable avec tous les numéros enregistrés. Immédiatement m'apparaît mon immense bêtise : je n'ai pas le double de leurs numéros et donc plus aucun moyen de les joindre. Je ne peux plus retirer d'argent sur le compte de Lucille puisque sa carte bleue a disparu. Comment la bloquer sans téléphoner à Lucille ? Et comment la joindre sans son numéro ? Comment continuer à voyager sans argent ? Comment… Comment… Comment j'ai pu être aussi stupide pour me baigner avec tant d'insouciance dans un endroit trop désert ? Je me demande si j'ai une chance de retomber sur mes voleurs, de les rattraper dans le village le plus proche… et puis la police pour moi, c'est impossible !

Ne pas s'affoler, surtout ne pas s'affoler ! S'asseoir et réfléchir. Mais je ne suis que cela : une petite boule de nerfs crispée sur son erreur. Je râle. Je m'injurie. Je hurle de rage. Je me battrais. Nous sommes mercredi. Je pourrais essayer de joindre un de mes potes chez lui. Mais il me faut trouver quelqu'un qui me permettra de chercher dans un annuaire… Une poste peut-être ? Je me découvre démunie de tout ce qui rend la vie normale. Je revois un instant ma mère quand elle me décrivait son enfance sans portable, sans Internet, sans répondeur téléphonique, quand je lui disais pour rire qu'elle était née en 1902. Pour comble de malheur, le bain m'a ouvert l'appétit, et ce n'est vraiment pas le moment d'y penser. Par instinct, je glisse la main dans la poche de ma chemise en jean. Il reste dix euros que j'ai dû mettre là je ne sais plus trop quand. Une espérance folle me traverse, je ne sais pourquoi, et me précipite sur les poches de mon jean. Je me revois glisser la carte bleue dans la poche arrière après avoir retiré de l'argent ce matin. Je déchante vite. Aucune fortune oubliée ne se cache dans les abris rugueux de mon jean. J'ai voulu refuser l'évidence, mais, tout au fond de moi, je sais bien que j'ai rangé la carte de Lucille dans mon portefeuille et, pour comble d'ironie, juste avant de me baigner.

Comme j'étais heureuse il y a un quart d'heure ! Je me sens tellement désemparée que j'envisage un instant de revenir à Séville pour demander à Juana de me prêter de l'argent. Mais non, ce n'est plus possible maintenant, il faut continuer. Revenir chez Maria ? Rejoindre Vicente ? Ce serait trop la honte. Et si je téléphonais à un ami de mes parents ? À Jo, le batteur de papa, ou à Helena, la grande amie de maman ? La sœur que je n'ai pas eue, disait-elle toujours. Est-ce qu'ils pourraient ne rien dire à la police ? Est-ce qu'ils me laisseraient continuer seule ma route ? Non, je suis sûre qu'ils seraient formidables et, même, qu'ils viendraient me chercher, mais pour trouver une solution avec mes grands-parents, avec la décision de me confier à eux. Et puis de toute façon, à quoi ça sert d'y penser ? Je n'ai plus aucun numéro pour joindre qui que ce soit. Au moins, ça m'évite de prendre une décision trop rapide. J'ai envie de m'abandonner aux pleurs, mais je n'ai plus de larmes. Il me semble que je me suis déjà tant vidée depuis qu'ils ont disparu que maintenant, j'ai le chagrin sec.

Une voiture s'est arrêtée alors que j'avance sur la route en tendant le pouce sans conviction. C'est une femme qui va à Huelva. Elle jette un coup d'œil à ma serviette et me fait signe de monter. Elle doit penser que j'étais juste là pour me baigner. Je n'ai pas envie de la détromper, pas envie de lui parler non plus. J'ai tort, je le sais. Je ne vais pas avoir beaucoup de moyens pour m'en sortir dans les heures qui suivront. Et il serait plus intelligent de lier connaissance. Peut-être pourra-t-elle m'aider, voire m'héberger. Qu'importe ! Je suis anéantie. Je ne pense qu'à une chose : parler à Lucille. Chercher avec elle des solutions.

Il n'y a pas de téléphone à la poste. On me regarde comme une étrangère qui ne connaît pas les usages des services publics du pays. Un peu plus loin dans une boutique, je trouve une carte à six euros et j'hésite à l'acheter quand un jeune Marocain m'indique un *locutorio*. « Là-bas madmoizelle, tu peux téléphoner pas cher. » Je le remercie et marche vers la boutique indiquée en rythmant chaque pas d'une prière intérieure. *Lucille, sois chez toi s'il te plaît.* Abdel m'a gentiment accompagnée et j'ai entendu son prénom comme une voix lointaine. Je n'arrête pas de me répéter cette phrase. Et puis je réfléchis à ce que je dois lui dire en priorité parce que je ne sais pas de combien de temps je disposerai pour lui parler.

Je crois qu'il doit y avoir un système d'alarme dans la tête. Quelque chose qui nous empêche d'envisager d'un seul bloc l'effondrement dans lequel on se trouve. Je ne vois sûrement qu'une parcelle de ce que mon père appelait la LEM (loi de l'emmerdement maximum ; seule loi qui n'avait pas d'exception selon lui). Je m'efforce de ne pas prêter attention à mon ventre qui ronronne, à ce que je vais bien pouvoir trouver pour manger et comment je vais tenir le temps que je trouve une solution pour avoir de l'argent. Faut-il que je me taise et que je prenne une chambre à l'hôtel, ou que je sois franche et que je dise que je vais recevoir de l'argent dans quelques jours et qu'on m'a volé tous mes papiers sans préciser que je n'ai pas déclaré cet incident à la police ? Il faudrait que j'aie une adresse pour que Lucille m'envoie quelque chose. Des vêtements de rechange peut-être...

Mais s'habiller, ça devient secondaire quand on ne sait pas de quoi on va vivre. J'ai fourré mon maillot mouillé dans la serviette que je tiens, roulée en boule, et je sens encore le sel tirer ma peau. Je trouve très désagréable d'être en tee-shirt sans soutien-gorge et le regard d'Abdel sur mes seins, que je sens ballotter sous le fin tissu, m'agace. J'essaye de penser à tout, mais j'ai du mal. Je ne sais pas trop quoi faire. Comme je m'en veux ! J'ai beau me dire que ça ne sert à rien de se lamenter, jamais la sensation du destin qui s'acharne ne m'a paru si cruciale. Je me fais l'effet d'être redevenue une petite fille qui a projeté, mais seulement dans son imagination, l'idée qu'elle pouvait avoir une vie de grande personne indépendante. J'ai même peur que Lucille ne m'engueule pour cette perte qui me met dans l'embarras mais livre également son passeport à des voleurs.

Lucille n'est pas là et il n'y a personne chez elle. Tant mieux, j'aurais été obligée de raccrocher. Il faut que je revienne plus tard. Je pars dans une sorte d'errance dans la ville de Huelva. Je rumine les trois euros de mon coup de fil raté. J'ai faim. C'est plus aigu maintenant. Je ne peux plus me retrancher derrière mes soucis pour oublier mon envie de manger. Je marche, narines en avant. Pourquoi l'expression dit-elle avoir l'estomac dans les talons ? Moi, je sens que j'ai des pieds dans mon estomac. Il est 15 heures. Surgissant de partout, des odeurs de bouffe. C'est insupportable, mais je suis incapable d'aller mendier. J'essaye de m'éloigner de ces rues aux nombreux restaurants. Je comprends maintenant Hemingway qui, les jours de disette, fuyait les rues de Paris où il y avait des boulangeries. Cet extrait nous avait fait rire en classe. Je ne vois plus du tout en quoi il est drôle !

Mais j'y pense, je suis dans la ville des cueillettes. Peut-être n'ont-ils pas que des fraises, dans les champs, parfois on trouve des pommiers, non ?

Je n'ai plus que deux euros. Lucille n'était pas là non plus en fin d'après-midi et j'ai dû raccrocher précipitamment au nez de sa mère. J'ai revu Abdel qui était avec un autre garçon et ils ont voulu m'offrir un verre, alors j'ai dit non, mais je veux bien un sandwich. La honte, c'est un truc très relatif. C'est drôlement dur de ne pas avoir l'air affamée, de goûter chaque bouchée sans soupirer, sans donner l'impression qu'on attendait ça depuis quinze jours. Mon père m'avait dit un jour qu'un gourmet est un goinfre qui se retient. Une affamée, c'est encore pire !

En sortant du *locutorio* pour la deuxième fois de la journée, je ne suis toujours pas plus avancée. Je prie pour que mes voleurs n'utilisent pas la carte bleue. Je n'ose pas me présenter dans un hôtel parce que j'ai trop peur qu'on me demande mon passeport. Je me comporte comme une hors-la-loi alors que c'est moi qu'on a volée. Je regrette les moments où je portais mon sac en le trouvant trop lourd. Ma serviette sur l'épaule, j'ai remis mon maillot désormais sec comme un sous-vêtement, j'ai une soudaine envie de prendre une douche, de me brosser les dents. Comme si mon corps se mettait à réclamer impérieusement tout ce que je ne peux pas lui offrir, la nourriture, le sommeil, le confort... Je me retrouve dans la situation la plus horrible qui soit : celle que je m'efforçais de ne pas envisager avant de partir.

Est-ce la pluie qui se met à tomber qui me pousse à courir vers ce hangar ouvert que j'aperçois au loin ? Ou autre chose qui s'apparenterait à une sorte de boussole intérieure qui prend le relais quand la vie devient trop compliquée, quand elle est hors de portée ? Il pleut comme vache qui pisse, comme s'amusait à dire notre prof de français de sixième pour nous faire rire. Quand je trouve refuge dans cet abri, je n'en crois pas mes yeux, il est rempli d'avions. C'est le hangar d'un terrain d'aviation.

Personne ne répond à mon timide appel, il fait sombre, l'endroit semble désert. Dans un coin, près d'une table à outils, se trouve une sorte de canapé sur lequel je m'étends. Je suis épuisée. Je retourne dans ma tête le problème du vol et de mon hébergement. Peut-être qu'après tout je peux tenter d'aller à l'hôtel, de dire que l'on m'a volée. Au pire, on me dira non, mais qu'est-ce que je risque ? Je pourrais aussi tomber sur une personne sympathique. C'est dur de garder l'espoir en la gentillesse de l'autre quand on est plongé dans un monde qui devient hostile. Quelque chose de dur s'enfonce dans ma cuisse. Mon mp3. C'est vrai. Il me reste encore ma musique ! Papa, c'est notre morceau que j'ai envie d'écouter. *L'Air de rien*, Jacky Terrasson. Je mets le morceau en boucle. L'instant se dissout, la pluie au-dehors, l'orage même. Je suis étendue sur un matelas dans un hangar d'avions, je recommence à avoir faim. J'ai froid et je m'enroule dans ma serviette. Je n'ai plus d'argent, plus de vêtements, personne à qui en parler, mais j'ai encore le son d'un piano dans les oreilles. Le son ami d'un pianiste que connaissait mon père.

Il y a une odeur étrange dans cet endroit. Kérosène, fer, la terre mouillée du dehors. Vicente, comme tu me manques. Pourquoi est-ce que je ne pouvais pas rester avec toi comme tu le désirais ? Pourquoi n'ai-je pas pu te dire que j'étais en fuite, que mes parents étaient morts ? Pourquoi ai-je eu peur que notre amour disparaisse sous mes yeux, comme je l'ai cru le jour où Pilar a essayé de me détruire ? Pourquoi ai-je désiré partir en laissant cette belle histoire inachevée certes, mais intacte ? Est-ce qu'on se reverra un jour ?

Je revois nos balades à cheval, nos corps enlacés dans les dunes, nos baignades dans l'eau glacée. C'est doux et ça me console.

— *Señorina ? Me entiende ? Hola ?*

J'ouvre les yeux, arrache mon casque et, dans la pénombre, je distingue un visage d'homme penché sur le mien. Je me redresse et tente de comprendre où je suis. L'homme me regarde et semble attendre que je lui donne une explication. J'essaye de franchir la barrière de mes rêves, je suis encore dans les marais avec Vicente.

— J'étais très fatiguée, excusez-moi. Il n'y avait personne et je ne voulais pas m'endormir là mais... Je voulais juste m'abriter à cause de l'orage...

— Toi être *francesa* ?

Merde, je lui ai parlé en français. Je retrouve mon espagnol et tente de lui répéter mes excuses. L'homme doit avoir la cinquantaine. Il est petit, un peu rond avec des cheveux en bataille un peu grisonnants. Il a l'air soulagé de ne plus avoir à faire des efforts pour se souvenir de son français. J'ai appris à l'école, me dit-il, alors tu vois, c'était il y a très longtemps. Il est sympathique et m'invite à venir contempler le ciel. Le mauvais temps a disparu pour faire place à un temps limpide. Il ne paraît pas troublé que je sois venue dans son hangar pour y passer la nuit.

— Ça te dirait de faire un tour dans les airs avec moi ? Tu es déjà montée dans un avion. Je veux dire, un avion qui ne relie pas Madrid à Paris ?

— Non, jamais.

Je ne dois pas avoir l'air très enthousiaste car il me demande immédiatement si j'ai peur. Bonne question. Est-ce que j'ai peur de l'avion ? La vie est étrange quand même : je n'ai jamais rencontré personne qui me demande si j'ai peur de l'avion avant l'accident de mes parents. Je ne sais pas trop quoi lui répondre.

— Quelle heure est-il ?

— Dix heures du matin, jeune fille. Je m'appelle Luiz et toi ?

— Luz.

— Ohh, voilà un prénom qui est tout à fait adapté à ma découverte de toi dans ce hangar. Sais-tu que je t'ai laissée un peu dormir avant de te réveiller. J'ai bricolé mon avion, vérifié les niveaux et décidé que j'allais t'emmener voler.

— Ah, et pourquoi ?

— Parce que tu avais déjà l'air d'être à dix mille pieds au-dessus de la terre dans tes rêves !

Il est bien gentil ce pilote, mais pas au point de me faire oublier que je meurs de faim. Je sais qu'il est inutile d'appeler Lucille maintenant. Elle est en cours. Je ne vais pas non plus la trouver à midi. Elle ne déjeune pas chez elle.

— Alors, ce tour en avion, tu es partante ?

— Je veux bien, mais il faudrait que je mange quelque chose avant de partir dans les airs.

C'est sorti tout seul. Je ne pense qu'à ça depuis que j'ai ouvert l'œil. Mon pilote prend bien la chose :

— Alors, je t'ai offert la chambre et il te faut le petit déjeuner aussi ? Tu es une comique toi ! Il y a du pain, du jambon dans mon sac posé là-bas, et tu trouveras du café au lait dans le thermos. Sers-toi.

Il y a donc un secours du ciel pour les malchanceux qui n'ont plus rien. Je mords dans le pain frais et je manque de m'évanouir de bonheur. Je ne savais pas ce que c'était de manger enfin, quand on a cru mourir de faim. Chaque bouchée est un délice. Luiz m'observe du coin de l'œil.

— Tu peux tout finir, fille de l'ogre. On croirait que tu n'as pas mangé depuis quinze jours et moi j'avais déjà déjeuné. Je vais sortir l'avion. Si tu veux faire un brin de toilette avant le décollage, c'est là-bas au fond du hangar à gauche.

Cet homme est décidément formidable. L'eau que je me balance au visage achève de me réveiller tout à fait. Je regarde mon visage dans la glace et je le trouve plutôt joyeux pour une fille abandonnée à son sort. Je décide que je vais cesser de haïr les avions pour toujours et embarquer dans le coucou de Luiz, histoire de voir la situation d'un peu plus haut.

Quelques heures plus tard, je remercie Luiz pour sa gentillesse et toutes les choses merveilleuses qu'il m'a racontées sur son expérience de pilote. Il s'est nourri de héros qui partaient dans les airs. Petit garçon, il lisait les aventures de Mermoz, de Saint-Exupéry, de Nungesser et Coli, les deux aviateurs qui ont essayé de traverser l'Atlantique et qu'on n'a jamais retrouvés. Et plus tard, il a eu envie de leur ressembler. Il m'explique en riant qu'il est loin d'être au niveau des aventuriers de son enfance, mais qu'il est simplement un type heureux d'avoir réussi à piloter des avions, à vivre de sa passion.

Il me fait tenir le manche. C'est étrange d'aller non seulement à droite et à gauche, mais aussi en haut et en bas. Si je dois être honnête, ça me plaît assez de piloter. Luiz dit que je suis douée avant de me reprendre le manche avec empressement quand j'y prends goût. Après ce petit vol d'essai avec cet avion qu'il vient de réparer – merci de ne pas me l'avoir dit avant le décollage –, Luiz doit repartir à Algésiras où il réside une grande partie de l'année. Ses clients sont pour la plupart des riches de Marbella. Des femmes qui vont chez leur coiffeur à Paris pour une soirée prévue le lendemain. Il vole parfois jusqu'en Afrique où des industriels fortunés louent ses services. Quand il commence à me poser quelques questions, comme je sais qu'il va partir, je ne peux m'empêcher de lui dire que je me suis fait voler la veille et que je dois maintenant appeler chez moi en France pour que l'on me renvoie le nécessaire pour continuer mon voyage. Luiz me propose immédiatement de venir avec lui à Algésiras, mais je ne veux pas accepter. C'est comme si j'avais peur de suivre un inconnu. Pourtant, je vois bien qu'il a l'air d'un chic type, mais c'est plus fort que moi. Au moment où nous nous séparons, il me glisse sa carte ainsi qu'un billet de cinquante euros dans la main. Je suis gênée, mais il insiste et je ne dis pas non. Mon expérience affamée d'hier m'a amplement suffi ! Je promets de le lui rendre très vite en le remerciant vivement.

— N'oublie pas de venir me voir à Algésiras, et cette fois, nous ferons un vrai voyage en avion. Tu sais que je prépare une transatlantique ? Je veux relier le Portugal au Brésil en solitaire.

Après l'avion, voici le Brésil. Décidément, on est toujours rattrapé par sa propre histoire, aussi loin qu'on ait décidé de la fuir.

Je passe toute une partie de l'après-midi à désespérer de joindre enfin mon amie. Grâce à l'argent de Luiz, je me sens un peu moins stressée. J'ai osé prendre une chambre. En début de soirée enfin, c'est Lucille qui décroche. Je l'entends dire d'une voix sûre, *c'est pour moi maman*, et j'attends que sa mère s'éloigne pour lui demander de noter mon numéro. Quand elle me rappelle quelques minutes plus tard, je me retiens de pleurer en lui expliquant qu'on m'a tout volé, que je n'ai plus rien. Comme si le dire à quelqu'un me permettait de me lâcher, de ne plus être assez forte pour affronter seule la situation. Lucille me pose des questions. Je sens qu'elle réfléchit tout en m'écoutant.

— Si tu veux, on raccroche pour que tu appelles vite pour ta carte bleue ? Je viens de prendre une chambre dans un hôtel, la Casa Gaspar, sous ton nom pour ne pas donner le mien.

L'hôtel, je l'ai trouvé par hasard sur la liste des hôtels de l'Avenida Oceano où m'a déposé Luiz, le pilote.

— Casa Gaspar ? Tu as fait exprès ?...

— Oui, enfin non. Il n'était pas très cher et avec ce nom, j'ai pensé que ça me porterait bonheur. J'ai dû expliquer au propriétaire que l'on m'avait volé mon passeport, mon sac et que je devais faire une déclaration... Tant que je suis dans cet hôtel, j'ai une adresse, tu peux me joindre et m'aider à récupérer de quoi continuer. Est-ce que tu penses que tu peux m'envoyer des vêtements de rechange ?...

— Oui, bien sûr. Je vais réfléchir.

— Je voudrais un soutien-gorge.

— Ils ont même pris ça ?

— Oui, enfin, il était dans le sac à dos... Je n'ai plus que mon maillot.

Lucille commence à rire et ça me fait du bien. Je ris avec elle tout en pensant que c'est fou d'arriver à plaisanter de cette histoire qui n'est pas du tout drôle.

— Et ton hôtel ? Tu penses qu'ils te font confiance ?

Elle a repris sa voix préoccupée et s'excuse avant de raccrocher rapidement après m'avoir dit à voix basse qu'elle me rappellera d'ici une heure.

La conversation avec Lucille m'a laissée perplexe. Je ne sais pas bien ce qu'elle pense de mon aventure et ce qu'elle va faire, mais je l'ai sentie extrêmement distante... Nous avons pourtant ri de mes sous-vêtements perdus. Est-ce ma situation ? Ou autre chose dont elle ne m'a rien dit ? Je suis perturbée par notre échange, mais sans doute plus encore par ce vol qui contribue à compliquer mon voyage qui l'était déjà bien assez. Abdel, le Marocain, m'a expliqué qu'il travaille comme saisonnier pour la culture des fraisiers. Ravie de l'aubaine, je lui ai demandé s'il ne connaîtrait pas Marsilio et ma naïveté l'a bien fait rire.

— Tu ne sais pas, madmoizelle, que soixante mille saisonniers viennent ici chaque année ; cette culture couvre des hectares. Je ne connais pas tout le monde, mais je pourrais demander. Il est de quel pays ton ami ?

Il m'a laissé son nom et l'adresse de la serre dans laquelle il travaille. Je crois qu'il a compris que je suis dans la galère. Ça se voit donc tant que ça ?

— Si tu veux gagner de l'argent, je te présenterai l'homme qui engage les saisonniers. Si je lui demande, je suis sûr qu'il pourra te donner du travail.

Maintenant que j'y repense, les informations d'Abdel ajoutent à mon découragement. Ce sera bien plus difficile que je ne le pensais de retrouver Marsilio. Je ne sais pas pourquoi je tiens tant à le retrouver. Après tout, jusqu'à maintenant, je me suis bien débrouillée sans lui.

Lucille n'a pas perdu de temps. Avant de me rappeler, elle a bloqué sa carte de paiement. Mais le plus fou, c'est qu'elle a envoyé un e-mail à l'hôtel pour les rassurer et, pour preuve de bonne foi, elle a payé par Internet ma chambre pour huit jours, le tout à son nom devenu le mien. Elle a raconté qu'elle était ma mère et elle a même envoyé la photocopie du passeport qu'on m'a volé. Mon seul problème va être justement ce passeport. Il lui sera impossible de le refaire sans ses parents. Me voilà coincée en Espagne. Quand je lui demande si elle n'a pas peur qu'on repère ses opérations, elle m'explique qu'elle a tout fait avec l'ordinateur de sa voisine. Elle espère avoir ainsi brouillé les pistes. Sans nous le dire, nous prions surtout pour que mes voleurs ne se soient pas servis de la carte entre le vol et son opposition.

— Nina, j'ai pensé à quelque chose. Puisque tu n'as pas d'argent, tu n'as qu'à manger au restaurant de l'hôtel en attendant ma nouvelle carte. Je vais t'envoyer des espèces dans une lettre. Je pense qu'il n'y a pas de risque, personne ne pourra le deviner...

Je suis sans voix ; cela fait trop longtemps que personne ne m'a appelée par mon vrai prénom. J'ai moins peur. Je comprends maintenant que Lucille, lors de notre précédent coup de fil, était concentrée sur la situation et c'est ce qui l'a rendue distante. J'avais simplement oublié ce détail. Quand nous étions en classe ensemble, elle était déjà comme ça. Quand elle devait rendre un travail, elle devenait presque hostile envers ceux qui lui parlaient. Elle est maintenant tout à fait détendue. Quand je lui fais part de mon inquiétude lors de notre dernier coup de fil, elle me fait remarquer qu'il est presque huit heures du soir, qu'elle a dû faire toutes les démarches dans un laps de temps très court et qu'elle devait normalement sortir dîner avec ses parents pour fêter l'anniversaire de son grand-père. Elle a simulé un épouvantable mal de ventre pour rester chez elle.

— Je suis désolée, Lucille, je sais que tu adores ton grand-père.

— Ce n'est pas grave. J'irai déjeuner avec lui en tête à tête demain. Qu'est-ce que tu fais à Huelva ? Tu as quitté les gitans de Séville ?

— Je t'expliquerai. Je ne pouvais plus rester. Je cherche Marsilio qui doit être dans une des exploitations de culture de fraises de la région. Mais je ne sais pas laquelle.

— Tu es venue à Huelva pour chercher un type dans un champ de fraises ? Et c'est pour ça que tu t'es fait voler toutes tes affaires ! Je me demande pourquoi je me prends la tête pour toi !

J'éclate de rire et, avant de raccrocher, je redis à Lucille combien elle a été formidable et à quel point ça m'a fait du bien.

— Tu me rappelleras ? Et tu pourras me redonner les numéros des autres ?

— Oui, oui, maintenant que tu es coincée dans cet hôtel, on va t'appeler ensemble. Tiens, dans quatre jours, on sera chez Gaspard et ses parents ne seront pas là.

— C'est pour l'anniversaire de Lisa ?

— Oui.

— Vous serez nombreux ?...

— Allez, ne te fais pas du mal, Nina. On te passera un coup de fil et tu sais, on ne fera rien d'autre que les mêmes conneries que l'année dernière. Boire, écouter de la musique, danser un peu, fumer, raconter des stupidités.

Je ne sais pas si c'est en réaction aux événements de la journée, mais, avant même d'avoir raccroché, je me sens en superforme. Enfin sur le principe, car je m'écroule très vite dans ce petit lit dont j'apprécie toute la douceur. Je comprends maintenant pourquoi le propriétaire m'a chaleureusement saluée à mon retour du central de téléphone. Ma mère *bis* l'avait déjà rassuré et payé d'avance... Je suis chez moi à la Casa Gaspar, jusqu'à nouvel ordre... avec un jean, un seul tee-shirt et sans soutien-gorge, mais dans un lit. Je n'ai même plus faim. Je suis finalement presque sortie d'affaire. Ma dernière pensée avant de sombrer dans le sommeil est pour mes voleurs, et cela me met en rage. Jusqu'à cet instant, je n'avais pas songé à en vouloir à d'autres plus qu'à moi-même.

Demain, je commencerai à chercher Marsilio. Demain sera un jour meilleur. On ne peut plus rien me prendre. Et puis le miracle, c'est que j'ai toujours ma musique et mon casque ! Je m'en félicite à nouveau en écoutant Destruction Incorporated, *Cold Water*, à fond. Oui, je sais, maman, ce n'est pas bon pour l'oreille interne, mais ce ne sont pas des oreillettes, c'est le super-casque offert pour mon anniversaire par papa... Merde, la photo... Dans mon sac à dos, il y avait votre photo. La seule que j'avais emmenée. Toi papa, riant à la plaisanterie que tu venais de faire sur ma façon de tenir l'appareil et toi maman si belle, qui souris en appuyant ta tête sur son épaule. Les larmes coulent le long de mes joues. Ce n'est qu'une photo, je le sais. Je me le répète. Je vous ai déjà perdus avant. Mais je n'arrive pas à retenir les sanglots qui me viennent. Je ne sais plus à quel moment je m'endors, épuisée comme à la fin de ces chagrins de petite fille, que je n'avais plus depuis longtemps.

Chapitre 11

Naïma

Abdel m'emmène aux abords de la ville. Nous traversons une sorte de terrain vague, planté d'arbres. Le chemin est poussiéreux et chaotique. Nous croisons quelques femmes chargées de sacs plastique. Des dizaines de tentes sont alignées et Abdel m'explique que certains de ses compatriotes sont obligés de rester là des mois en attendant qu'on veuille bien les engager quand les cueillettes sont terminées et qu'il y a un peu moins de travail. Du côté des femmes, il y a surtout des Marocaines et des Roumaines. Elles viennent par milliers, sans leurs hommes, sans leurs enfants. Sous les arbres, parmi les tentes, j'aperçois des Africains. Abdel hoche la tête.

— Ce sont souvent des sans-papiers que les employeurs ne veulent plus faire travailler à cause des amendes, m'explique-t-il. Même moi que l'on connaît bien ici, je n'arrive pas à les faire engager.

Abdel est devenu un recruteur de main-d'œuvre pour son patron. Voilà trois ans qu'il organise les embauches des Marocaines de son village et des villages voisins. Tout en m'expliquant son parcours, il longe le camp. Sur les fils barbelés du linge est étendu pour sécher, des voix s'interpellent, des tambours et des musiques s'élèvent. Nous débouchons sur un alignement de trois bâtiments en béton. Ils sont si vétustes que j'ai l'impression qu'ils sont en construction. On dirait des locaux à poubelles. Je jette un coup d'œil discret aux portes de bois entrouvertes qui n'ont plus aucune couleur, mais devaient être autrefois vertes ou bleues. Elles s'ouvrent sur de petites pièces misérables où se trouvent des matelas posés à même le sol. À l'extérieur du bâtiment, un lavabo d'une propreté douteuse. Je n'ose rien dire parce qu'Abdel a l'air fier de me venir en aide.

— Les femmes dont je m'occupe sont mieux logées ici que sous les tentes des terrains d'à côté. Ces bâtiments appartiennent à l'employeur. Il y a de l'eau et de l'électricité jusqu'à vingt-deux heures. J'ai négocié pour que le patron loge les Marocaines qui travaillent pour lui, à condition que les hommes n'y viennent pas. Les hommes sont logés dans l'autre bâtiment un peu plus bas. L'hébergement n'est pas déduit du salaire.

— Tu pourras habiter avec Naïma. C'est ma cousine. Demain, je t'obtiendrai un travail. Tu seras payée 39,39 euros par jour.

— C'est tout ?

Je me suis retenue à temps. Je l'ai dit trop bas et, heureusement, Abdel n'a pas entendu.

J'essaye de me raisonner. Pour l'instant je n'ai plus rien, et ce boulot va me sauver, alors ce n'est pas le moment de faire la difficile.

— Ta cousine ne sera pas fâchée de me voir débarquer ?

— Mais non. Sa sœur est repartie chez nous à la fin de son contrat pour soigner ma tante qui est malade et s'occuper des enfants. Depuis, Naïma est un peu seule. Elle sera contente que tu habites avec elle. Je te laisse maintenant. Je n'ai pas le droit d'être ici. Naïma va bientôt rentrer de sa journée. Tu verras, ça va bien aller entre vous. Je lui ai déjà parlé de toi.

Abdel me fait un clin d'œil. Je le remercie pour son aide.

— Je passerai te chercher demain matin à 7 heures pour te présenter.

L'examen de la petite pièce qui sert de chambre à Naïma me confirme la pauvreté du lieu. Pourtant, elle a déroulé deux tapis et fait de cette chambre sinistre un refuge plus accueillant. Il y a deux matelas, quelques habits, un sac, une théière, un petit réchaud, des couvertures et des cartons retournés sur lesquels on a posé des tissus et quelques fioles qui ont l'air de contenir de l'huile. Je m'installe sur le matelas vide, n'osant pas sortir dans la cour dans laquelle j'entends maintenant des voix de femmes qui se parlent en arabe.

Le colis de Lucille n'a mis que quatre jours pour arriver à l'hôtel. Un nouveau sac à dos, un duvet, des fringues, et même un nouveau portable. Ils sont tous vraiment géniaux et j'en avais les larmes aux yeux en découvrant leurs cadeaux et leurs clins d'œil. J'ai même un ceinturon pour mettre mes affaires les plus précieuses. L'argent liquide est arrivé par la poste, glissé dans une feuille de cours de sciences. Trois cents euros. La moitié de mes six mois. J'ai immédiatement décidé que je devais quitter l'hôtel qui risquait d'engloutir mon budget. J'ai peur de me trimballer avec de l'argent mais je n'ai pas le choix. C'est en retrouvant Abdel à Huelva que j'ai eu l'idée de lui demander s'il pouvait me faire embaucher, bien que je n'aie pas dix-huit ans. L'inquiétude est une sorte de bête féroce qui me tient éveillée la nuit et les derniers jours ont été comme une alternance de coups et de caresses suivant les moments de la journée.

Naïma entre dans la pièce. Un peu embarrassée d'être dans sa chambre, je me lève brusquement comme si ce n'était pas ma place, mais elle me sourit. Elle s'adresse à moi en français. Elle me met tout de suite à l'aise. Elle doit avoir environ dix-neuf ans, mais elle a l'air à la fois plus vieille et plus jeune.

— J'ai croisé Abdel qui m'a dit que je te trouverais ici. Tu es française, n'est-ce pas ?
— Je m'appelle Luz ou Lou. C'est le diminutif de Lucille.
— Et moi, c'est Naïma.
— C'est un joli prénom.
— Ça veut dire délicieuse, paradisiaque, le contraire de cet endroit, non ?
Super. Elle a l'air d'avoir un peu d'humour.
— Ça sert à quoi les grilles au-dehors ?
— Ils les ferment le soir à 20 heures et ensuite, si tu veux sortir, il faut faire le mur.

— On ne peut même pas aller au cinéma le soir ? Pourquoi font-ils ça ?

— Pour nous protéger des hommes, à ce qu'ils disent... mais je ne suis pas sûre que ce soit la vraie raison.

— Et si on te prend en train de sortir ?

— C'est simple, on ne te donne plus de travail et tu es virée.

Naïma est vêtue d'une grande djellaba informe et grise. Elle porte un foulard qui la fait paraître plus âgée. Mais dès qu'elle l'enlève apparaît une masse de cheveux noirs, très longs et très épais, et quand elle rit on dirait une fille de quinze ans.

— Moi aussi, autrefois, j'avais les cheveux longs.

Je n'ajoute pas qu'ils étaient blonds. Naïma me fait remarquer que je vais pouvoir l'aider à coiffer ses cheveux.

— Tu verras, ici, ce n'est pas très facile pour se laver, mais le dimanche on se retrouve au hammam de la ville.

Au fil des jours, Naïma devient mon amie. Nous travaillons toute la journée côté à côté, nous faisons notre repas en rentrant le soir et cachons notre argent ensemble. Nous avons placé nos matelas côte à côte et souvent nous sommes encore en train de nous parler quand le sommeil nous saisit main dans la main. Nos fous rires sont les plus célèbres du bâtiment des femmes et j'ai souvent du mal à reprendre ma respiration quand nous nous racontons nos secrets. Nous imaginons nos vies plus tard, ce que nous voudrions faire et avec qui. Je suis souvent en colère de ce qu'elle dit des mecs. Je la contredis et sur ce sujet-là, je vois bien que nous ne venons pas de la même planète. Fugitivement, je revois mon amie de classe, Fadila. Je comprends en vivant aux côtés de Naïma pourquoi elle ne voulait pas que je vienne chez elle : cette différence tellement profonde qu'elle devait percevoir entre nos cultures et qu'elle s'évertuait à nous cacher. Je m'en veux d'avoir été aveugle, égoïste sans doute.

Malgré ces discussions dans lesquelles nous essayons d'arracher à l'autre l'aveu de son erreur de jugement, rien ne ternit notre amitié.

Je sais que grâce à elle et à mon histoire avec Vicente, j'ai complètement récupéré mon rire, l'envie de vivre, le partage de l'amitié, la tendresse aussi. Cela faisait bien longtemps qu'une femme ne m'avait pas serré dans ses bras. Nous prenons soin l'une de l'autre. Parfois je la coiffe ou alors elle me masse avec de l'huile d'argan en me parlant de son pays aride. Elle me décrit le paysage, la douceur des soirées, le désert, les fêtes des mariages ou la fête du mouton, qu'elle appelle l'Aïd el-Kébir. Elle m'apprend l'arabe ou le berbère, ça dépend des jours. Il n'y a pas de tabous, pas de confidences que je ne puisse faire à Naïma. Je l'engueule :

— Tu m'apprends des mots et des phrases et je ne sais même pas en quelle langue. Comment veux-tu que je m'y retrouve ?

Je connais son enfance malheureuse auprès d'une mère adorée qui lui a préféré ses fils. Elle sait que je me suis enfuie, que je n'ai plus de parents, que je ne crois pas en Dieu, que je veux être musicienne, archéologue ou prof de philosophie.

Un jour où je craque face à ce tuyau immonde dans la salle réservée à la douche, je lui demande pourquoi nous ne sommes encore jamais allées au hammam ensemble, puisque, voilà quatre mois, elle m'a assuré que c'était le meilleur moment de la semaine. Elle se trouble et ne veut pas me répondre. Parfois elle est préoccupée et je n'arrive pas à la dérider. Elle se détend quand je lui mets mon casque. Je lui fais écouter mes musiques. Et parfois nous les écoutons ensemble pour nous endormir. Sa préférée, c'est Lenine, *A medida da paixão*. Depuis quelque temps, quand nous rentrons le soir, elle est très fatiguée et elle s'endort brusquement avant de dîner.

Abdel, qui avait l'air content que nous nous entendions bien au début, me boude un peu parce que je me sers de Naïma pour ne pas sortir avec lui. Soit j'exige qu'elle vienne avec nous, soit je préfère rester avec elle. Elle dit qu'il a des idées derrière la tête à mon propos. Je préfère ne pas le savoir. J'aime bien quand il m'appelle la princesse et qu'il essaye de m'emmener pour m'offrir un verre, mais je me méfie. Je pense toujours à Vicente qui est mon amour secret. Je me fais des films dans lesquels on se rejoint un jour. Je lui avais donné mon numéro avant le vol. Il a peut-être essayé de m'appeler. Moi, je n'ai plus le sien. Mais Abdel n'a aucune chance ! Et puis j'aime bien ma bande de filles. J'ai appris à connaître les autres femmes des dortoirs. Il paraît que nous sommes dans la bonne période. À la pleine saison des récoltes, elles sont sept par chambre. Je discute en anglais avec certaines filles de l'Est. Elles sont roumaines ou ukrainiennes et, parmi elles, il y en a beaucoup qui font des études. J'ai eu la surprise de découvrir que Cristina est licenciée en sociologie. Chaque année, elle vient ici pour travailler afin de payer ses études. Elle se fiche de moi parce qu'elle dit que je suis un bébé qui ne sait rien de la vie.

— Chez moi, Luz, il n'y a aucun boulot où tu peux gagner 39 euros par jour.

Sa copine Elena est en médecine et dit la même chose qu'elle. Sans les périodes de récoltes et les échappées en Espagne de quelques mois, elle n'aurait jamais pu continuer ses études. Ces femmes sont plus âgées que moi, mais aucune n'a plus de vingt-trois ans. On se soutient, on partage. Elles m'aident à supporter les moments pénibles de ces longues journées à travailler dans les serres. J'ai souvent peur. Je croise des gens bizarres. Ce que je vois depuis que je suis ici, je ne savais même pas que ça pouvait exister. Parfois certains se battent au couteau, la vie est âpre et violente. Les miséreux à l'affût d'un travail sont prêts à tout pour l'obtenir. Du côté des femmes, la règle est la même et les disputes sont violentes, mais la certitude d'être plus faibles que les hommes nous lie. Les femmes sont solidaires parce qu'elles n'ont pas le choix. Un jour où je suis plus triste et fatiguée du travail qui est intense, j'ai une crise de larmes. Cristina me console. Si elles ignorent que je me suis enfuie de chez mes grands-parents, la plupart des filles savent que mes parents sont décédés. Attirées par mes sanglots, les autres nous rejoignent, puis soudain l'une d'entre elles, une Bosniaque, m'apostrophe :

— Toi, tu ne viens pas du même monde. Chez nous, les parents perdent leurs enfants, les enfants sont orphelins, on a faim, on a peur, on est en guerre aussi. Nous, dans nos pays on veut tous rejoindre ton pays, la France, qui fait partie de ces pays, où on a de l'argent, où personne ne meurt pour rien... Ce que tu vis, c'est juste quelque chose de normal pour nous. Tu n'as aucune raison d'être désespérée. Tu n'es pas comme nous.

Les autres la font taire et veulent l'empêcher de me dire tout ça, mais je comprends qu'elle a raison. J'ai été protégée de tout et aujourd'hui seulement, je vois le monde sans ma bulle, et la vie y est un séisme. Pourtant, en l'écoutant, je me dis qu'on ne peut pas se résigner, que jamais je n'accepterai de me laisser aller dans cette sorte de vie affreuse et déprimante. Je sens en moi quelque chose qui est fort, qui me sortira des moments les plus difficiles. Je sais que quelque chose d'autre m'appelle. Oui, elle a raison, je ne viens pas du même monde, mais ça ne m'empêche pas de comprendre et de partager. À la fin de son discours agressif, je me lève et je la serre contre moi. Je la sens un peu surprise, mais elle me rend mon accolade. Je ne sais pas pourquoi j'ai eu besoin de faire ça, mais je crois à l'instinct. Et je ne veux surtout pas avoir d'ennemie.

Naïma n'aime pas trop mes copines de l'Est, alors je profite des moments où elle s'endort pour leur faire de petites visites. L'une d'elles a une guitare et me chante des chansons traditionnelles. Ce soir-là, j'apporte des *sarmalés* dans notre chambre. En les voyant, Naïma fait la grimace.

— C'est bon, tu vas voir, ce sont des feuilles de vigne farcies. On mange ça en Grèce aussi. Demain soir, on fera une petite fête avec les Roumaines et on apportera des crêpes marocaines comme celles que tu avais faites la dernière fois.

Naïma est hostile. À vrai dire, je la trouve plutôt difficile depuis quelques jours. Elle n'a plus envie de rire et se raidit quand nous travaillons, comme si elle souffrait. Elle se tient bizarrement et elle est devenue presque agressive. Son comportement m'inquiète et quand j'essaye de l'interroger, elle se mure dans un silence impossible à percer. J'ai peur qu'elle ne soit malade.

Cette nuit, elle pousse un cri terrible. Je lui prends la main, mais elle ne dit rien et se contente de gémir. J'allume vite une bougie. Quels radins ces types qui nous coupent l'électricité jusqu'au matin ! Elle est en nage, elle a l'air malade. Je m'approche d'elle pour lui toucher le front et elle m'agrippe en enfonçant ses ongles dans mon bras.

— Hé, tu me fais mal. Qu'est-ce que tu as ?

Elle est échevelée, ressemble à une folle égarée. Puis je m'aperçois qu'elle se tient le ventre et peut à peine respirer. Elle me fait peur et soudain pousse un cri déchirant. Son regard suppliant s'arrime au mien comme une prière et elle tombe à genoux, la tête en avant. Je l'allonge sur le côté, je ne sais pas trop quoi faire, puis soudain je repense à Elena qui fait des études de médecine.

— Attends-moi, Naïma, je reviens tout de suite.

— Reste là ! N'avertis personne surtout…

Je ne l'écoute pas et me précipite en courant vers le bâtiment des Roumaines. Mais dans la baraque des filles de l'Est, seule Cristina est là. Dans un demi-sommeil, elle m'informe qu'Elena a un amoureux et qu'elle fait le mur régulièrement pour le rejoindre. Cristina n'a pas l'air décidée à m'accompagner. Angoissée, je reviens au plus vite vers Naïma. Quelque chose vient de me traverser l'esprit. Quelque chose que j'avais oublié, mais qui mérite que je m'y attarde et que je procède à une petite vérification. Quelque chose qui me dit que si j'ai raison, la situation est catastrophique. Quand je reviens, Naïma semble affronter le même état douloureux. Elle se tord et râle puis se calme, semble s'endormir et recommence. Je soulève sa djellaba tandis qu'elle lutte pour ne pas que je la déshabille. Et là, je découvre un énorme ventre porté par des jambes d'une maigreur effrayante. Aucun doute possible, Naïma est enceinte. Elle était si mince qu'elle a réussi à cacher sa grossesse. Elle a l'air effrayée que j'aie percé son secret et, moi, je suis si terrorisée que je ne peux m'empêcher de hurler sur elle.

— Mais pourquoi tu n'as rien dit ?

— Ils ne font pas travailler les engrossées. Ils les surveillent. Le mieux, c'était que personne ne sache. Les filles se dénoncent entre elles.

— Mais tu accouches là ?

Elle me regarde comme si elle me suppliait et je ne peux m'empêcher de jurer.

— Merde ! Merde ! Putain, quelle merde !

Je n'y connais rien et il va falloir que je l'aide. Elle ne peut plus me répondre. Elle semble repartie dans ses spasmes et ses douleurs déchirantes. Puis à nouveau elle s'apaise, mais ce qu'elle me dit me donne à moi aussi des maux de ventre.

— Écoute, ma Luz, les contractions vont se rapprocher. Il va falloir que tu m'aides. Prends l'huile d'argan et masse-moi, s'il te plaît. Quand je sentirai que le bébé arrive, tu me soulèveras pour que je sois debout et je m'appuierai sur toi.

Debout ? Elle est dingue ! Je n'ai jamais fait ça moi et je ne sais pas du tout comment je vais pouvoir l'aider. Il faudrait plutôt que j'aille chercher un médecin.

— Et si tu mourais, Naïma ?

Une vraie diplomate ! J'ai honte d'être aussi paniquée.

— Je vais aller chercher de l'aide, tu m'entends, Naïma ? C'est mieux.

Elle recommence à gémir et se saisit d'un chiffon qu'elle met dans sa bouche afin de ne pas attirer l'attention. Puis elle le crache. Elle est enragée, hurle et m'interdit de sortir tout en continuant à me labourer le bras de ses ongles.

— Tu ne vas chercher personne, compris ? Tu restes avec moi et tu fais ce que je te dis. Tout est normal et tout va bien. J'ai déjà vu ça dans mon village.

Le reste de sa phrase se transforme en jurons en arabe ou en berbère, je ne sais pas trop, mais ça m'a l'air de mesurer le seuil de la douleur inacceptable.

La prédiction de la Madre... Soudain, ça me revient... La sorcière avait dit que j'allais m'en sortir. Mais c'est de la folie. Je n'ai jamais accouché personne. Je crois que même dans les films, je n'ai jamais vu comment il fallait faire. Ils font chauffer de l'eau, mais à quoi ça sert ? Un vieux cours de terminale sur Pasteur me revient et je file me laver les mains. À tout hasard, je pose sur le réchaud allumé une casserole d'eau. Peut-être faudra-t-il nettoyer quelque chose. Je suis perdue et il faut bien avouer que Naïma me crispe avec ses cris étouffés et ses râles. Pourtant, dès que je commence à la masser, je sens qu'elle s'apaise un peu, je suis moi aussi rassurée. Soudain, elle s'endort. Je regarde son visage qui s'est brusquement détendu et elle est si belle que je mets quelques secondes à saisir qu'elle est peut-être en train de mourir. Quelle angoisse ! Mais comme j'avance mon visage du sien pour écouter sa respiration, elle se réveille tout aussi rapidement qu'elle s'est endormie. Ça n'a duré que quelques dizaines de secondes et elle recommence à grimacer, à gémir et à mordre son torchon. Elle n'a plus l'air de me voir. On dirait une crise d'épileptique ou une folle obsédée par quelque chose que personne ne peut voir.

Petit à petit, j'ose lui toucher le ventre, lui masser doucement le bas du dos. Elle me fait signe quand elle veut que je m'arrête. Pendant un moment dont je suis incapable d'évaluer la longueur, nous trouvons un rythme de massage, de pauses, d'endormissements, de cris étouffés, de râles, de linges passés sur son front en sueur. J'ai fini par comprendre que ça marche par vagues. Je l'encourage, la console et la fais boire à petites gorgées.

J'ai moins peur même si je sens qu'elle a de plus en plus mal. Je m'efforce de ne pas penser à la sortie du bébé. J'ai éteint l'eau et couvert la casserole d'un tissu. À peine ai-je installé une serviette sous les hanches de Naïma qu'elle l'inonde. Elle me dit qu'elle a perdu les eaux, mais je ne sais pas exactement ce que ça signifie. Est-ce que le bébé va arriver maintenant, dans dix minutes ou dans deux heures ? Je nettoie, je change la serviette et j'essaye de me calmer pour que Naïma ne voie pas que je pète de trouille. Je n'ai même plus les herbes que m'avait données la sorcière pour la soulager. Elles étaient dans le sac à dos qu'on m'a dérobé.

Naïma veut se lever, elle s'appuie sur moi et, bien qu'elle soit beaucoup plus frêle, je sens qu'elle a une force phénoménale. Je plie sous son poids et je n'arrive pas à la tenir. Elle halète, gémit et soudain pousse un hurlement.

Depuis le début, j'ai soigneusement évité de regarder entre ses jambes de Naïma, mais là, je suis obligée. Elle continue à hurler et moi je panique. La tête du bébé vient de sortir et je tends la main pour le recueillir. C'est gluant, je ne sais pas si je dois tirer la tête, mais Naïma me fait signe de l'aider. Elle retombe sur le côté et instinctivement je lui hurle *pousse encore*, pour que le reste du corps suive. Dès que je peux saisir les épaules, je tire doucement le corps du bébé. Tout a l'air de se faire si facilement que je n'ai pas l'impression de l'aider à quoi que ce soit. Je ne pense plus du tout que c'est gluant : c'est fou, c'est dingue. Il glisse entre mes mains, il est vivant. Je pousse un cri de joie. Il a l'air bien. Naïma pleure et moi aussi. Je pose doucement le bébé sur son ventre et je l'essuie avec la dernière des serviettes que j'ai préparées. Je la trempe dans l'eau qui est maintenant tiède. Elle serre son enfant contre elle, frissonne et claque des dents. Je saisis mon duvet tout neuf pour l'envelopper et j'emmaillote le petit dans ma veste polaire. Soudain, je suis gênée par le cordon et les paroles de la vieille gitane me reviennent : « Tu couperas ce qui le relie à sa mère et tu attacheras solidement le cordon de l'enfant. » Je remets l'eau à bouillir, j'y jette un couteau tranchant et je cherche quelque chose qui ressemblerait à de la ficelle. Puis je reviens vers Naïma et son bébé qui sont enfouis dans le duvet. Concentrée sur ce que j'ai à faire, je décide de couper loin de Naïma et plus près du ventre du bébé. Puis je fais un nœud serré avec un morceau de ruban à l'endroit où j'ai coupé et un autre encore plus proche du nombril du nouveau-né. Je ne sais pas exactement si c'est comme ça qu'il faut faire, mais depuis qu'il est là et vivant et qu'elle s'est arrêtée de souffrir, je me sens prête à ouvrir une maternité. Je viens d'accoucher une femme... Et je le dis tout haut comme si je n'y croyais pas moi-même. Soudain, elle se remet à gémir comme si elle avait à nouveau des contractions. Je panique et me précipite sur elle pour lui prendre le bébé emmitouflé tandis qu'elle s'accroupit. Son corps expulse un autre bébé, tout sanglant celui-là et que je regarde dégoûtée et perplexe...

— Il faut que tu l'enterres. C'est le placenta, me souffle Naïma.

Merde. Ça y est, mes cours de SVT refont surface. Mais bien sûr, ce n'est pas un autre bébé, c'est le placard à provisions ! Quelle idiote ! Du coup, cette partie-là m'inspire beaucoup moins et je me passerais bien de suivre les conseils de ma jeune accouchée, mais elle a l'air d'y tenir. On fait ça dans son village, paraît-il. Je mets une heure à tout nettoyer très minutieusement. J'ai encore fait bouillir de l'eau pour que tout soit le plus propre possible, y compris la mère et l'enfant. Et maintenant je suis allongée près de Naïma qui l'a mis à son sein ; je regarde émerveillée la bouche de cette petite crevette qui sait déjà comment faire pour se nourrir... Fascinant ! Au fait, c'est quoi ? Naïma rit et entrouvre la petite couverture qui l'enveloppe pour me montrer le minuscule sexe de son fils.

— Je vais l'appeler Ali, comme mon père.

Et lui, c'est qui son père ? Je n'entends pas la réponse. Une brusque fatigue m'envahit. J'ai vu avec étonnement les premières lueurs du jour en sortant chercher de l'eau. Ça a donc duré toute la nuit cette naissance ?

J'ai besoin de dormir et je ne sais pas du tout ce que nous allons pouvoir dire à Abdel. Je m'en fous. J'ai mis au monde un bébé, ou plutôt non, j'ai participé, géré l'angoisse... Ma dernière pensée est pour ce moment où, une fois le cordon coupé, Ali a poussé un petit vagissement discret tout en me regardant, yeux grands ouverts. J'aimerais bien me souvenir de ce qu'on peut bien penser à ce moment-là.

Quand j'avais dix-sept ans, je regardais mes parents et je me demandais pourquoi j'étais né là. Qu'est-ce que je pouvais bien foutre entre ces deux êtres qui me ressemblaient si peu et dont je ne pouvais en rien être la fierté, ou combler les manques ? Ils ne s'aimaient pas, ils ne m'aimaient pas, ils n'aimaient rien. Je regardais mon père qui me disait que j'allais rentrer dans le rang, que la vie ça n'était pas ce que je croyais. Je comprenais qu'il était un « milipère », un gradé qui me dégradait. Oui, sur ce point nous étions d'accord, j'espérais bien que la vie, ce n'était pas ça ! Par quel miracle ces deux ahuris m'avaient-ils laissé apprendre la musique ? Mon père, à n'en pas douter, aurait préféré que je pratique un sport de combat et j'estimais moi que j'en pratiquais un au quotidien en essayant de lui résister. Ma mère aurait sans doute aimé la musique si elle n'avait pas été aux ordres de ce colonel qui l'avait enrôlée dans sa vie bien plus qu'il ne l'avait épousée. J'avais du mal à parler aux filles, du mal à avoir des copains, je lorgnais ceux qui avaient des parents que je jugeais normaux d'un œil envieux. Les miens me répétaient que j'avais de la chance, que quand ils étaient jeunes il y avait la guerre et moi je me disais qu'ils n'en avaient pas fini avec elle et que chaque matin, ils reformaient les bataillons de la souffrance. Entre dix-sept et dix-huit ans, je n'ai fait qu'organiser mon évasion. Elle me tenait en vie, elle me donnait le courage de ne pas plaquer l'école, de supporter les humiliations et les coups. Et si je n'avais pas eu la musique, j'aurais sans doute glissé dans un grand trou noir qui m'aurait aspiré jusqu'à ce que je disparaisse. Je bossais à leur insu dans un bar où je m'inventais une autre vie. Je plaisais aux filles, j'avais enfin des amis et je les oubliais, eux qui avaient pourri mon enfance, mes désirs et mes aspirations. À l'époque, je ne savais pas tout ça, j'en avais seulement l'intuition.

Un jour, j'ai rencontré Eva et j'ai compris que c'était le début d'une nouvelle vie. J'ai compris que la musique, l'art et la poésie n'étaient pas seulement des inventions pour les lopettes, comme le disait mon père, mais ce qui permettait de vivre pleinement dans la création et l'amour. Un jour, j'ai été sauvé.

Chapitre 12

La fuite

Le réveil est violent. Abdel est au pied de notre matelas et il nous abreuve de ce que je crois être des injures. Enfin, j'imagine qu'il engueule surtout Naïma, vu qu'il nous parle arabe. Naïma tente de lui répondre, mais je vois bien qu'elle est fatiguée. Je me lève d'un bond et je le fais taire.

— Ta gueule, Abdel. Tu vas réveiller le bébé. Viens dehors avec moi, je vais tout t'expliquer.

Je n'ai pas grand-chose à lui fournir comme explication et, une fois sortis, je ne peux m'empêcher de lui dire que ce n'est pas le moment de hurler sur Naïma. Je sais qu'il m'aime bien, alors j'essaie de lui parler gentiment en lui racontant qu'elle avait tellement peur de lui qu'elle a travaillé jusqu'au dernier jour. Je lui assure que même moi, je n'étais pas au courant. J'essaye de l'apitoyer, mais lui ne voit que sa propre peur d'être découvert, de ne plus avoir la confiance de son patron. Il ne veut pas déclarer l'enfant car il a peur qu'on le prenne pour le père. Son égoïsme m'exaspère, mais je vais dans son sens.

Je lui assure que personne ne le trahira, que les filles de notre bâtiment sont formidables, qu'elles s'occuperont de tout. Je lui demande s'il peut simplement couvrir Naïma, la laisser habiter là, lui accorder un peu de temps pour qu'elle se remette. Et moi, je me remettrai à travailler dès cet après-midi s'il veut. Je supplie. On fera tout pour qu'il n'ait pas la responsabilité de ce qui vient d'arriver. Je me souviens de ma mère qui me serinait que je n'avais aucune patience et que, si j'étais plus diplomate, au lieu de sauter à la gorge des gens, j'obtiendrais plus que je ne peux imaginer. Mon numéro devient un hommage à son souvenir. Je me surpasse.

— Et puis c'est quand même ta cousine. Que dirait ta mère si elle savait que tu trembles pour ta peau sans penser à ce petit bébé qui est ton petit-cousin ?

J'ai touché juste. Abdel me regarde et fronce les sourcils. Je sens que c'est gagné. Alors, pour achever la partie, je lui colle un baiser sur la joue en le remerciant. Il me regarde en souriant. Bien vu maman !

— Toi, tu es aussi têtue que les femmes de chez nous ! On pourra dire que tu l'aimes bien ma cousine pour la défendre comme ça ! Je te donne une heure pour me rejoindre et travailler comme deux pour la remplacer.

Après un court instant d'hésitation, Abdel me demande si Naïma a besoin de quelque chose. J'aimerais bien lui dire que oui, mais je n'ai aucune idée de ce qu'il faudrait lui acheter. Ah si, des couches et... des vêtements. Il me tend deux billets de vingt euros. Une journée de travail, me dis-je. Jamais je n'aurais pensé à ça avant. Avant quoi ?

— Tu es sûre que tout va bien et que le bébé ne va pas mourir ?

Je repense à la nuit que nous avons passée et j'éclate de rire.

En revenant de la pharmacie, je coupe par le village de plastique de la forêt. Presque tous les sans-papiers y habitent ces sortes de huttes fabriquées avec les restes de serres et la débrouillardise de chacun. Par curiosité, je regarde comment ils vivent, l'intérieur de ses cabanes improvisées et, soudain, mon cœur fait un bond dans ma poitrine. À l'extérieur d'une cabane, appuyé contre un vieux vélo rouillé et sans selle, je vois mon sac à dos. Je le reconnaîtrais entre mille. Instinctivement, je regarde autour de moi. Pas grand monde. Très sûre, je m'avance et, après un dernier coup d'œil, je le charge sur mon épaule et l'embarque avec l'air le plus naturel possible. Je sens qu'il n'est pas plein et j'espère secrètement qu'à l'intérieur, je retrouverai des affaires à moi et non pas celles de quelqu'un d'autre. Vite, sortir de la forêt sans se retourner. Mon téléphone se met à sonner et je glisse ma main dans la poche pour l'étouffer, mais une femme se retourne et me regarde. Je lui souris et sors le téléphone de ma poche pour répondre. Ce sera plus facile.

— Allô, Nina. Comment tu vas petite sœur ?

Gaspard ! Je suis si contente d'entendre sa voix que mon malaise s'évanouit instantanément. Je m'éloigne rapidement en collant mon oreille à cette voix amie.

— Gaspard, tu ne devineras jamais. Tu vas me parler pendant que je marche et que je m'éloigne de mes probables voleurs. Je viens de retrouver mon sac à dos.

— Super, tout y était ? Le passeport ? Pas l'argent, j'imagine...

— Hé, Gaspard, je viens de voler mon sac à mes voleurs et là, je m'éloigne de l'endroit où je l'ai trouvé ! Tu me suis ? Tout ça pour dire que je ne me suis pas assise par terre devant leur hutte en tapant l'incrust : cool, les mecs, alors vous avez tout laissé dedans, ou il va falloir que je retrouve mes fringues éparpillées dans votre putain de cabane ?

— On dirait que t'as pas perdu ton humour en tout cas !

Il se marre pendant que je tente d'oublier que je ne tiens plus sur mes jambes. Sans doute la nuit que je viens de passer ou l'émotion immédiate, je n'en sais plus rien. Mais la fatigue, ça peut avoir des conséquences et soudain je me lâche :

— Je suis bien contente d'entendre ta voix. Si tu savais ce que je vis. Je bosse dans des serres de fraises pour 39,90 euros par jour, j'ai mis au monde un bébé cette nuit, je n'ai toujours pas retrouvé Marsilio. Il y a quelque part dans Séville un type qui a tué son rival dans ma chambre, et à El Rocio le premier mec qui m'a fait l'amour !

— ...

— Gaspard, t'es toujours là ?

— Euh, ouais... Je ne sais pas quoi te dire là. Tu... tu vas bien quand même ?

— Tu crois que je mens ?

— Non, pas du tout, mais ça me paraît tellement, tellement... Tu m'as... Enfin... C'est du lourd.

— Pardon, ça m'a fait du bien de tout sortir d'un coup. Je vais bien. Et garde tout ça pour toi. Même à Lucille, je n'en ai pas dit la moitié.

— Justement, reprend Gaspard qui a l'air soudain embarrassé, c'est à propos de Lucille que je t'appelle. Y a une merde avec la banque. Ils se sont aperçus qu'il y avait eu des retraits en Espagne avec sa carte. Son daron n'a pas été long à saisir l'histoire, et les parents pensent que tu dois être par là-bas. Comme elle a fait une déclaration de perte de sa carte en France, tu vois... Enfin, c'est la merde. Elle a tout nié en bloc pour essayer de te protéger, donc, pour l'instant, ils ne savent pas si l'Espagne a un lien avec toi, mais j'ai peur que la brigade qui enquête sur ta disparition ne te retrouve. Et en plus, comme l'hôtel où tu habitais a été réservé et payé au nom de Lucille.

— Ils le savent ?

— Non, mais ils pourraient le découvrir. Tu travailles sous son nom ?

— Gaspard. Est-ce que tu pourrais me rendre un service et aller chercher mon vrai passeport dans la péniche ? Ils ne l'ont pas débarrassée au moins ?

— Non, à cause de l'enquête. Et puis ils espèrent que tu y reviendras. Je crois qu'ils la surveillaient. Mais tout a déjà été fouillé là-bas. Tu ne crois pas qu'ils ont pu prendre ton passeport ?

— Vu où il est, ça m'étonnerait. Tu connais la cachette de la clé de secours ? Je ne pense pas qu'ils l'aient prise non plus.

— Qu'est-ce que tu comptes faire, Nina ?

— Je ne sais pas. J'ai peut-être une idée, mais il faut que je m'assure que c'est possible. De toute façon, avec l'histoire du bébé, c'est ce que j'ai de mieux à faire.

— C'est quoi cette histoire de bébé ? Et c'est quoi ton idée ?

— Je ne peux pas t'expliquer là tout de suite. Si tu trouves mon passeport, rappelle-moi. Je vais aller examiner le contenu de mon sac à dos.

— OK. Allez ma grande. Ne perds pas ton moral surtout. Tu nous manques... On t'aime et on fait tout ce qu'on peut.

— Vous aussi, vous me manquez.

— Nina...

— Oui ?

— On est vachement fiers de toi tu sais. Tu es... wouah... incroyable. Tu sais, on se le dit souvent entre nous, ceux de ta petite bande de potes. Les trois ou quatre qui savent. Et quand on a des petits problèmes de merde, on pense à toi et ça change la donne...

— Merci, Gaspard. Ça me fait plaisir vraiment. Parce que maintenant, j'ai des problèmes de grande personne, comme disait Saint-Exupéry dans *Le Petit Prince*. Et tu sais quoi ? Ce sont les mêmes que les nôtres, mais beaucoup moins solubles dans le rire.

La première chose que je trouve en plongeant le bras dans le sac, c'est l'exemplaire des *Fleurs du Mal* de papa. Et ça me fait bondir de joie. Je m'empresse de l'ouvrir et, entre les pages, je retrouve la carte postale et la photo de mes parents que j'embrasse en riant. Ensuite, il y a quelques fringues, des sous-vêtements, ma trousse de toilette, mais... pas de portefeuille, pas de carte bleue et zéro passeport ! Franchement, j'avais rêvé pendant un moment. Ne regrettons rien. De toute façon, est-ce que j'aurais osé l'utiliser après tout ce que m'a dit Gaspard sur le nom de Lucille ? Une paire de baskets de rechange, mes préférées ! Les herbes de la sorcière à donner pour les douleurs d'accouchement de Naïma. Je lui prépare une décoction immédiate, juste pour dire qu'elles ne sont pas revenues pour rien. Mon petit carnet avec mes musiques et mes phrases du jour. Contente de te revoir, vieux. Et assez heureuse d'avoir retrouvé tout ça.

Naïma est transformée. Elle a l'air de flotter dans une bulle avec son bébé. Elle n'a plus peur d'Abdel. Nous enfilons à Ali sa première tenue de bébé. J'ai l'impression de rejouer à la poupée. Puis je lui répète les instructions de la pharmacienne pour elle et pour le bébé. Le produit pour nettoyer le cordon du petit, et...

— Dis-moi, tu savais qu'il n'y a pas que ton fils qui va porter des couches ? En voilà pour toi aussi... Tu en as pour une semaine. Après, ça devrait aller. On dirait un truc pour vieux incontinents ! C'est sympa, non ?

On pique un fou rire qui s'interrompt brusquement quand Naïma me demande avec inquiétude combien elle me doit.

— Rien ma belle, c'est ton merveilleux cousin qui a payé ! Sympa la famille, non ? C'est lui le père ?

— Tu es folle, Luz, Abdel est mon cousin. Le père est au Maroc. J'étais déjà enceinte quand je suis arrivée, mais je ne l'ai découvert que trois mois après.

— Il va être content, tu crois, d'avoir un fils ?

— Je ne sais pas. Ma mère va être furieuse que je ne sois plus vierge avant de me marier. C'est une faute impardonnable chez nous. Je l'ai déjà entendue dire à une voisine que si je couchais avant le mariage, elle m'étranglerait de ses propres mains. Mais je n'ai pas fait ça avec n'importe qui tu sais. C'est un garçon de mon village et j'ai voulu parce que c'était une belle histoire et que je partais pour faire les récoltes ici pendant des mois. Il a dit qu'il voulait m'épouser à mon retour. Alors peut-être que ma mère me pardonnera. J'ai très peur de tout ça, Luz, mais je dois quand même rentrer chez moi.

— Dis-moi, Naïma. Tu crois qu'il y aurait une petite place pour une nounou dans tes bagages ?

— Tu veux partir avec moi ?

— Je crois que je ne vais pas avoir le choix.

— Ce serait formidable. Et puis, avec toi, j'aurai moins peur d'affronter ma mère. Je suis sûre que ma famille t'accueillera avec plaisir comme une sœur.

Décidément, ça fait deux fois que je suis la sœur de quelqu'un aujourd'hui. Pour une fille unique et orpheline, je suis plutôt gâtée ! Je m'efforce d'oublier que je suis un peu plus recherchée qu'hier et que mon identité d'emprunt est en train de devenir aussi suspecte que la vraie. Soyons positif ! Je sais où aller au Maroc et j'ai retrouvé mon sac à dos. Je sors mon casque et règle le son au minimum. Je le place doucement sur les oreilles du bébé et je lui mets Moriarty, *Jimmy*. Il ouvre les yeux et me regarde, j'ai l'impression qu'il me sourit.

— C'est un musicien, ton fils, Naïma. C'est moi qui lui offrirai sa première guitare !

Naïma rit et le prend contre elle. Il a l'air d'un petit crabe avec son casque.

Le soir même, on se croirait à Noël, dans la crèche avec Jésus. Sauf que le nouveau fils de Dieu s'appelle Ali et que les Rois mages sont des filles. Il n'y a pas un seul berger à l'horizon ! Tout le bâtiment des filles est venu célébrer le bébé. Grosse fête avec youyous traditionnels, chants de l'Est et bouffe mi-russe, mi-Afrique du Nord ! Quand Naïma met le bébé à son sein, toutes les filles sont autour du matelas, yeux écarquillés, et fondent devant le spectacle. Ali n'a pas l'air de s'apercevoir qu'il est entouré de poules caquetantes et que peut-être il n'aura plus jamais autant de filles à la fois pour s'extasier devant lui dans toutes les langues ! À minuit, je regarde Naïma et son teint cireux, le bébé blotti contre elle, endormi, et je mets tout le monde dehors. Moi aussi je tombe de sommeil. En peu de temps, je suis passée d'ado en cavale à sage-femme-puéricultrice, quel parcours éreintant !

Quand je me réveille, Naïma n'est plus là et Abdel est allongé à mes côtés. Normalement je ne suis pas censée travailler aujourd'hui. C'est mon premier jour de repos depuis trois semaines. J'aboie :
— Qu'est-ce que tu fais là ? Où est Naïma ?
— Tu n'es pas de bonne humeur au réveil, ma gazelle.
Je n'aime pas du tout quand il commence à me traiter de gazelle et je me redresse pour me lever, mais il m'emprisonne de son bras.

— Tu n'as pas besoin de te lever ce matin, tu ne vas pas travailler. Tu ne veux pas rester avec moi tranquillement ?

Sa prise est suffisamment forte pour me faire comprendre qu'il ne plaisante pas. Je commence à être vraiment en colère et je le repousse.

— Fous-moi la paix, Abdel. Naïma !

Je hurle et je m'aperçois que je tremble. Abdel rit et me reprend dans ses bras. Il me parle en mettant son visage tout près du mien, en touchant presque mes lèvres.

— Doucement la belle, elle n'est pas là, ta Naïma. Elle est partie promener le bébé. Tu n'aimes plus ton petit Abdel ?

Je ne crois pas une seconde à son histoire de promenade et je me demande où il a pu emmener Naïma et le bébé. J'ai peur maintenant, car je comprends qu'il se passe quelque chose d'anormal. Abdel essaye de m'embrasser et glisse ses mains le long de mes cuisses. Je me débats et je le gifle de toutes mes forces. Il ne semble pas décidé à me lâcher et je suis trop essoufflée par la bataille pour crier. Je l'insulte et tente de le repousser, mais il est beaucoup plus fort que moi. La fatigue et le fait que je vienne de me réveiller ne m'aident pas. Je lutte, il me fait très mal, frappe, m'insulte et gagne du terrain. Il se glisse entre mes jambes, broie mes seins. Tout au long de cette bataille, je suis rivée à la pensée que ça ne peut pas m'arriver, que je vais interrompre ce cauchemar. En tendant la main, je saisis le pot d'encens que nous faisons brûler chaque jour pour éloigner les odeurs de moisi du bâtiment. Il est plein de cendres et je le lui balance au visage. Profitant de son aveugle-

La fuite

ment, d'un coup de reins je me relève et m'enfuis hors du bâtiment. Quelques mètres plus loin, j'aperçois Naïma avec quelques Marocaines et je crie en me dirigeant vers elles :

— Abdel a essayé de...

Je m'écroule devant elles sans arriver à le dire... J'ai tellement honte. Heureusement les filles comprennent vite. Elles se dirigent vers notre chambre tandis qu'Abdel sort du bâtiment et s'enfuit en courant sous les huées et les insultes. Je reste seule en face de Naïma qui tient Ali et me regarde, pétrifiée.

— Je croyais que tu l'aimais bien.

Pendant un court instant je n'ose pas adhérer à l'idée qui me vient, mais elle a l'air si embarrassée que je commence à la regarder plus intensément.

— Tu savais ?

— ...

— Réponds-moi. C'est toi qui l'as fait entrer pendant que je dormais, et tu es partie pour le laisser me sauter dessus ? Dis quelque chose, Naïma ! Dis-moi si j'ai raison.

Naïma serre son bébé et n'ose plus me regarder en face. Elle ne fait que répéter qu'elle pensait que ça me ferait plaisir, que surtout j'arrête de crier, que je vais faire peur à Ali. Je suis dégoûtée. Je la plante là et retourne vers la chambre pour faire mon sac. Quand elle me rejoint, elle me demande de lui pardonner. Elle pleure et dit que ce n'est pas si facile pour elle avec le bébé maintenant. Je grogne plus que je ne dis.

— Qu'est-ce qu'il t'a promis pour que tu le laisses rentrer ?

Elle ne répond rien et baisse la tête.

— Je ne savais pas qu'une fille qu'on a considérée comme une sœur pendant des semaines pouvait trahir à ce point-là.

Je la regarde toute fluette avec son bébé et soudain je ne lui en veux plus. Je lui donne les réponses que je crois connaître.

— Il va te donner de l'argent pour rentrer au Maroc, c'est ça ? Il a dit qu'il s'occuperait de toi et du bébé ? Il va payer, hein ? C'est pour l'argent que tu vends tes amies ?

Elle hoche la tête comme pour acquiescer. Je continue à ranger mes affaires tandis que je sens mon cœur s'alourdir.

— Luz, je ne l'aurais pas fait rentrer si je n'avais pas été sûre que tu l'aimais bien. Il faut me croire. Il a dit que tu serais contente. Que tu étais d'accord…

— Et tu ne me connais pas avec tout ce qu'on s'est dit ? Tu n'as pas deviné qu'il te manipulait ? Tu sais tout. Je t'ai raconté mon histoire avec Vicente.

— Je n'ai pas pensé qu'il te forcerait.

Je ne la crois pas. Je comprends que la survie compte avant l'amitié. Je comprends que tout ce que j'ai appris jusqu'à maintenant n'a plus cours dans un monde où il faut se battre pour exister. J'essaye de me dire qu'elle ne l'aurait pas fait si elle n'avait pas eu un bébé à ramener chez elle. J'essaye, mais je n'y arrive pas vraiment. Naïma me prend par le bras, elle me donne la main de fatma qu'elle porte toujours à son cou et me demande de venir chez elle au Maroc. Elle va partir dans une semaine. Abdel a promis de l'emmener au bateau à Tarifa et de payer son voyage. Elle ne voulait pas qu'il me fasse du mal, elle le jure. Dire que je lui ai dit la vérité sur mes parents, mon vrai prénom, ma fugue... On peut dire que j'ai vraiment choisi la pire pour me confier ! Prête à me vendre pour presque rien. Et le reste de mes confidences, tu l'as vendu à qui ? Elle jure qu'elle n'a rien dit de ma vie. Qu'elle ne dira rien.

Elle comprend que je ne veux plus rester, que je ne pourrais plus dormir dans cette pièce avec elle. Je la prends contre moi avec Ali et je les serre fort parce que la nuit de la naissance est encore entre nous et je sais que c'est pour cela aussi que sa trahison me fait plus mal encore. J'espère que cet enfoiré tiendra sa promesse et l'aidera à rentrer. J'embrasse Ali sur le bout du nez et je cours chercher l'argent que j'ai gagné dans sa cachette. Je le place dans mon ceinturon tout en pleurant. Il y a deux mille euros. Ce soir, je vais me faire plaisir et trouver une chambre pour dormir. Je vais prendre un bain, un vrai avec de l'eau chaude et de la mousse. Est-ce que je pourrai me laver de ce que je ressens ? J'ai mal partout dans mon corps, mais c'est mon cœur broyé qui me fait plus souffrir encore. Ce soir, je serai à Cadix. Je serai seule, je pourrai penser à Vicente et lui écrire une longue lettre. Je suis déjà en route dans ma tête, comme si partir était toujours le pansement à toute peine. Je quitte ce que je vis sans regret. J'attends le meilleur du voyage à venir.

Je n'ai dit au revoir à personne. Elles sont parties travailler et je ne veux pas les attendre. Naïma agite la main et me crie : « Je t'attendrai chaque jour à Essaouira... » Je lui rends son salut, mais je ne suis pas sûre de la rejoindre.

En retraversant le terrain vague qui mène à la porte grillagée des bâtiments, je regarde différemment cet endroit qui était devenu mon refuge de filles. C'est moche, c'est sale à l'extérieur. J'en perçois à nouveau la laideur. Je me dis que j'ai vécu là pendant trois mois et que, si j'excepte mes deux semaines chez Maria, ce fut un des moments les plus chaleureux de mon voyage. Même quand j'étais avec Juana, je n'ai pas senti cette solidarité qui existait entre nous, petites récolteuses de fraises. L'épisode d'Abdel vient ternir mes souvenirs et je frissonne. Impossible d'effacer cette sensation d'impuissance. Et puisque même dans un lieu qu'on croyait sûr, on n'est à l'abri de rien, je décide de consacrer un peu d'argent à mon trajet jusqu'à Cadix. Hors de question que je fasse du stop. Je rêve déjà d'une chambre qui donnera sur la mer et d'un moment passé à ne rien faire en écoutant de la musique. Je rêve d'une tanière où lécher les blessures de la violence qui m'a été faite. Je suis fatiguée et triste.

Mine de rien, voilà des jours et des jours que je bosse comme une brute. Face aux travaux de Huelva, ma période de révisions du bac ressemble à une journée chez Disney. Je comprends maintenant ce que mon père me serinait tandis que je lui tirais une gueule de trois kilomètres. Il disait que travailler à l'école me permettrait plus tard d'être libre, d'échapper à ce que l'on doit faire quand on n'a plus le choix. Je me demande ce que je serai plus tard, quand j'aurai repris mes études et plus tard encore, quand je les aurai finies. Oui, mais quelles études ? J'ai un bac de scientifique et je me sens littéraire ; et ça fait cent deux ans que je n'ai pas ouvert un livre. Voilà ce que je vais m'acheter, un livre. Mais où ? Et merde, je n'ai pas envie de lire en espagnol. Autant j'aime cette langue, autant le souvenir de *Cent ans de solitude* étudié en espagnol à l'école me donne des nausées. Si seulement je pouvais l'acheter en français, je sens que je pourrais me réconcilier avec Gabriel[1] ! Et puis ce titre-là me semble tout à fait de circonstance !

Quand on voyage, tout est à distance. Tout est présent, très fort : les choses se produisent, et disparaissent presque dans l'instant. Vicente est devenu un amour de rêve, une histoire dont je ne sais plus si elle a vraiment existé ou si c'est moi qui l'ai imaginée. J'ai envie de le revoir. Mais tout de suite je revois Abdel sur moi et j'ai envie de vomir. Est-ce que je pourrai repenser à l'amour avec Vicente, à sa douceur sans que l'ombre, les images, les sensations de cette lutte me reviennent ?

Le bus va passer près du parc de Doñana, puis il va se diriger vers Séville comme si je rembobinais la vie de ces derniers mois passés sur les routes. J'appuierai mon nez à la fenêtre pour essayer de revoir ces endroits. Et j'aurai envie de pleurer, je le sais déjà. Mais je n'aurai pas de larmes, seulement des nostalgies.

Je ne sais pas ce qu'aurait dit Maria si j'avais émis l'envie de rester un peu plus longtemps dans sa ferme.

---

1. Gabriel García Márquez, écrivain colombien, auteur notamment de *Cent ans de solitude*, Seuil, 1982, ou de *L'Amour aux temps du choléra*, Grasset, 1987.

Elle semblait bien m'aimer. Mais c'est elle qui a ramené Pilar le jour où cette peste est venue faire son numéro. Maria est une mère espagnole, elle veut garder ses fils près d'elle. Je ne l'ai compris qu'après, en vivant avec les femmes de Huelva, en écoutant leurs histoires. Maria m'aimait bien, à condition que je m'en aille.

Posée sur le bord de la route avec mon sac, j'éprouve l'irrésistible sensation de ma liberté, un peu de fierté aussi. J'ai seize ans jusqu'à demain, j'attends le bus pour Cadix en écoutant *Californication*, et personne ne m'espère là-bas. J'ai passé six mois à me débrouiller seule et demain j'aurai dix-sept ans et sans doute personne avec qui fêter cet anniversaire, mais ça ne me rend pas triste pour autant. On s'endurcit, on vieillit plus vite quand la vie devient un combat quotidien.

J'ai aimé, j'ai été aimée. J'ai été volée, trahie... Presque violée, pourquoi presque ? J'ai menti, j'ai eu des amis et je ne sais pas où je serai dans une semaine. Quelque chose de fort habite ma poitrine pour toujours. Ceux que j'aimais et qui ont disparu de ma vie me tiennent la main, je voyage avec eux. Je perçois le monde différemment. Je le regarde sans m'y voir.

Avant, je tenais les adultes à distance tout en étant à leur contact. Je comprends maintenant que j'étais dans ma bulle avec mes potes. Le monde d'après était lointain. Je ne connaissais que ceux qui m'aimaient et ceux que je n'aimais pas. J'ai découvert ceux qui nous veulent du bien et ceux qui nous veulent du mal. Mais parfois ce sont les mêmes et cela n'a rien à voir avec nous. Seulement avec les circonstances, le moment auquel on les rencontre. Les adultes, je ne suis toujours pas des leurs, mais ce n'est plus parce que je suis encore une enfant ou une adolescente. Je ne suis pas de leur monde parce que je voyage, parce que ma liberté me sépare de leurs vies enracinées. Ceux qui voyagent ou sont dans la galère sont de ma famille, mais chacun se méfie de l'autre. En quelques mois j'ai l'impression d'avoir plus appris qu'en des années d'école.

Il y a un avant avec mes parents et un après sans eux. Et entre les deux, rien qui puisse m'indiquer la direction à prendre, ou les choses à ne pas omettre. Maintenant que le voyage est devenu ma vie, j'écris mon destin, comme d'autres lui tournent le dos.

Chapitre 13

Cadix la belle amoureuse

Las cortez de Cadiz, le 5 avril 2010

Cher Vicente, non, c'est trop cérémonieux, *mon amour*, ah, ah, je n'arrive même pas à l'envisager sans rire... *Vicente mi amor*, ça, ce serait plus facile parce que ce n'est pas dans ma langue, mais c'est un peu niais quand même.

Finalement, je ne donne pas de début à ma lettre. Je raconte la vérité comme elle vient. J'écris et je ne peux plus m'arrêter. Maintenant j'ai besoin de lui dire que j'ai perdu mes parents, que je pars au Maroc, que j'ai aimé ces sept nuits passées avec lui. Et plus j'écris cette lettre qui me soulage, plus je suis sûre que je ne l'enverrai pas. J'ai peur qu'elle ne soit lue par quelqu'un d'autre que lui, qu'elle me dénonce, que Pilar ne s'en empare ou je ne sais qui. Je n'ai pas protégé mon voyage à ce point, pour me laisser piéger bêtement en lui écrivant. Je me sens fragile, triste, seule. J'ai revu les vols de flamants roses et les marais. Dès que je suis arrivée à Cadix, tout en cherchant un hôtel pas trop cher, mais avec baignoire, je ne pensais qu'à ça : parler à Vicente. Pourtant, à Huelva, il ne me manquait pas.

Quand j'étais petite, je jouais au défi de la timide. Si je trouve son numéro, je l'appelle. Si le feu est rouge quand on arrive, je dis à Lola que je ne veux plus venir à son anniversaire. Tout ce qui me demandait un effort que je jugeais au-delà de mes possibilités était soumis à ce genre de conquête. J'appelais ça les défis du hasard. La plupart du temps, je constatais que le hasard ne voulait pas que je sois timide. Et là, une fois de plus, c'est le cas : en un coup de fil aux renseignements, j'obtiens le numéro de la ferme équestre. J'écoute les premières sonneries tandis que mon cœur bat la chamade. Je suis prête à raccrocher si c'est Maria, mais c'est Vicente qui décroche. Ma voix s'étrangle quand j'essaye de la rendre gaie.

— Vicente, c'est Luz.

Long silence à l'autre bout du fil. Grand moment d'incertitude de ma part. Peut-être qu'il m'a oubliée, que je suis devenue moi aussi comme Pilar une histoire ancienne. Il est 14 heures : je les imagine tous les trois dans la cuisine avec sa mère et son frère. Je me lance d'une traite. Je lui dis que je suis en route pour Cadix, que je n'ai plus le même téléphone, qu'on m'a volé toutes mes affaires. Je parle vite pour ne pas subir l'émotion de l'entendre après tant de jours où j'ai pensé à lui comme dans un rêve. J'ai tellement peur qu'il me raccroche au nez. Mais je me trompe : je comprends qu'il ne veut pas leur dire que c'est moi qui téléphone. Il m'appelle Julio, dit d'une voix enjouée qu'il est content de m'entendre et qu'on va se voir. Il a l'air de s'adresser à un bon pote. Je lui donne mon numéro. J'entends la voix de Maria crier quelque chose et il raccroche.

Je jubile. J'ai eu le courage. J'ai pu le faire, et maintenant je vais avoir l'estomac en vrac jusqu'à ce qu'il me rappelle. Que vais-je lui répondre s'il veut me rejoindre ? De nouveau les images du violeur s'imposent. Je les chasse avec colère. Je suis furieuse d'avoir appelé, mais tellement heureuse à la fois. J'ai senti quelque chose de vibrant dans sa voix. Quand je vivais avec Naïma et les autres filles, combien de fois me suis-je demandé si cette histoire avait vraiment existé, si je ne l'avais pas inventée de toutes pièces ?

À Huelva, je me suis perdue dans une sorte de malédiction, un monde qui n'était pas le mien et dans lequel je me suis laissée couler par nécessité. Pourquoi n'ai-je pas contacté Vicente à ce moment-là ? Sans doute que je ne voulais pas qu'il me voie, là-bas. Je suis sûre que j'avais raison. Je voulais garder les jours passés avec lui à Doñana comme un cadeau. Je ferme les yeux un instant, je revois nos chevauchées à la tombée du jour et j'écoute The Script... Ah, ah, le titre... *The Man Who Can't Be Moved.*

Savoir qu'il va m'appeler m'a rendu mon énergie. Mes pas me mènent par hasard dans une toute petite rue de la vieille ville dans laquelle surgit un hôtel. Je sens que mon sens du voyage s'affine. À la réception, je joue la carte de l'effrontée :

— Pour les touristes la chambre est à cinquante-cinq euros, mais pour moi qui suis une voyageuse et viens de faire mille kilomètres pour venir dans cet hôtel-là, c'est combien une chambre avec une baignoire ?

Le réceptionniste se met à rire et l'homme plus âgé, de dos, qui doit être le patron de l'hôtel, se retourne et me considère d'un œil amusé. Puis il me répond que pour moi, ce sera quarante euros... à condition que je lui parle encore avec cet accent charmant et que je reste plus de deux jours. Je jubile intérieurement. Il veut savoir si je suis parisienne, me vante son voyage de noces, qui doit dater vu son âge, et malgré ses souvenirs fous de la capitale, n'oublie pas pour autant de demander mon passeport. Il prend la photocopie que je lui tends, écoute mes explications sur le vol dont j'ai été victime à Huelva. Sa gêne m'amuse quand je lui propose de le payer d'avance avec un immense sourire. Il refuse et se lance dans un monologue sur les vols de papiers à Huelva où la police soupçonnerait un trafic de faux papiers d'identité monnayés très chers.

Je n'entends pas la fin de son raisonnement. Je suis déjà dans mon bain, sous mon casque musical. Ah... Rester une heure dans l'eau chaude mousseuse avec le téléphone sur le rebord de la baignoire pour surtout ne pas manquer l'appel de Vicente !

En glissant mon corps dans ce bain, je conjure le sort des événements récents, j'imagine que tout ce qu'il y a de mauvais est dissous au contact de l'eau et restera au fond de cette baignoire. Je chante à tue-tête même si je suis sûre qu'avec mon casque je dois chanter très faux. *Boulevard of Broken Dreams*, délire total, quelques grammes de légèreté, je flotte entre deux eaux. Je serai la plus forte et je ne veux plus avoir de malheurs. Je m'évade...

Je navigue dans mes souvenirs heureux : les soirées avec Gaspard, Lucille, Jimmy et les autres sur la péniche. Ce fameux jour d'été où les riverains ont appelé les flics parce qu'on faisait une fête de dingues sur le pont et sur le quai et, quand ils sont arrivés, Benjamin leur a crié : « Allez, soyez cool, venez jouer avec nous les poulets ! » Le grand moment de solitude, quand ils ont voulu nous emmener tous au poste ! Merci papa qui a débarqué à ce moment-là avec ses copains musiciens avec lesquels on n'a pas fait moins de bruit, au contraire.

Je revois la fête du bac quand on s'est baignés dans la fontaine de la place de la Concorde en costumes de carnaval, le lit de Jules qu'on avait sorti sur le trottoir devant chez lui quand il s'était endormi ivre mort et qui a dit aux policiers venus le récupérer : « Sortez de ma chambre ou j'appelle ma mère ! »

La tête de la mienne quand elle a découvert les plantations de Gaspard sur le pont de la péniche ! L'embarras de mon père chargé de m'expliquer pourquoi lui a le droit de fumer des pétards à quarante ans, mais pas moi à quinze. En plus, Nina, toi tu ne fumes pas de cigarettes, alors ? Ben justement, je ne fume que de la bonne herbe bio... Tu veux goûter ?

Tiens, c'est drôle, depuis qu'ils ont disparu, je n'ai jamais pensé à fumer. Trop peur sans doute d'en avoir vraiment besoin au quotidien et d'oublier que la vie reste cruelle pendant qu'on est suspendu au nuage. Moi, de toute façon, j'avais toujours pris de la distance avec l'herbe. J'avais perdu une bonne amie en seconde. Elle avait commencé à fumer chaque jour, elle ne pensait plus qu'à ça, ne traînait plus qu'avec des accros au pétard. Ses vieux potes ne l'intéressaient plus, elle semblait même nous mépriser. Et pour tout dire, elle devenait assez pénible avec cette obsession. Mutuellement déçues, nous avons cessé de nous voir et n'avons jamais renoué.

Pourquoi ne me rappelle-t-il pas, Vicente ? L'eau est encore chaude, j'écoute le pianiste que nous avions vu en solo à La Roque-d'Anthéron, Yaron Herman. *Heart Shaped Box*, je m'envole. La vie s'adoucit. J'ai noyé le vol de mon corps et je sens que tout va mieux. Mais peut-être que je me trompe ; je suis tout bonnement en train de devenir folle !

Quelques heures plus tard, j'ai eu largement le temps de sortir de mon bain, de jouir de la joie d'être dans une vraie chambre avec un épais matelas, un dessus-de-lit à fleurs, des oreillers. Mon refuge pour trois jours a des tons ensoleillés, tout comme le sont les murs du couloir de l'hôtel. J'aime ces vieilles balustrades, ces vieux lits, ces chambres organisées autour d'un patio. En passant dans le hall de la réception, décoré d'azulejos qui me rappellent les *hospedades* dans lesquelles nous descendions avec mes parents, j'adresse un petit salut au patron. Je flâne dans le vieux quartier au coucher du soleil. Je profite de la vue sur la mer, j'écoute Ketama qui chante *Problema* dans le café où je me suis installée pour boire un verre. J'ai l'impression d'être en vacances. Je sursaute quand mon téléphone se met à vibrer. Avec le reflet je ne vois pas qui m'appelle.

— *Hola...* Vicente ?
— Euh, non, Lucille. C'est qui Vicente ?
— C'est un Espagnol qui doit m'appeler...
— Et pas n'importe quel Espagnol, vu le son de ta voix !

Je ris et j'avoue. Mais ensuite l'humeur s'assombrit. Lucille n'a pas de très bonnes nouvelles. L'enquête qui me concerne n'a pas encore abouti mais se poursuit en Espagne. Ses parents ont renoncé à lui faire avouer quoi que ce soit et même à ma grand-mère venue pleurer chez elle, Lucille n'a rien dit. Qu'est-ce qui lui prend à celle-là ? Elle a un sens de la famille assez tardif à ce qui semblerait. Lucille fait semblant de prendre des cours de danse supplémentaires pour justifier la grosse somme qu'elle a retirée de son compte suite au blocage de la carte. C'est tout ce qu'elle a trouvé à dire quand l'inspecteur lui a demandé pourquoi elle avait retiré trois cents euros brutalement. Durant son nouvel interrogatoire, elle a persisté dans sa première version : elle a perdu son sac dans le métro en France, à Paris, avec sa carte bleue et son passeport. Gaspard, lui, a trouvé mon vrai passeport à bord de la péniche et il veut savoir où me l'envoyer. Je donne à Lucille l'adresse de mon hôtel.

— Faites vite, parce que je ne peux pas rester là trop longtemps. J'ai pris la chambre pour trois jours seulement.

Elle s'inquiète que j'aie pris la chambre avec la photocopie de son passeport. Je lui promets de voyager sous mon nom, dès que j'aurai reçu leur envoi, mais je sens qu'elle n'est pas rassurée pour autant. À l'instant même, je décide de changer mes plans ; est-ce parce que je désire oublier l'agression d'Abdel et la complicité de Naïma, ou parce que je n'ai pas le choix ?

— Je vais partir au Maroc, Lucille. Je peux habiter dans une famille près d'Essaouira. Il faut juste que j'arrive à embarquer avec mes propres papiers. Je t'avertirai dès que je serai sûre de mon départ. Pour l'instant il faut...

— Que tu revois Vicente avant de partir ?

— Arrête Lucille avec ça !

Je m'énerve parce que mon téléphone a bipé pendant notre entretien et que je suis sûre que c'est lui. Et puis ça m'angoisse cette enquête qui s'ouvre à mon propos dans le pays de ma fuite. Comme si mon voyage menaçait de s'interrompre. À cause de ce vol stupide !

— Nina ?

— Oui ?

— Tu me raconteras toutes tes aventures quand on se retrouvera ? Parce que je sens que tu ne me dis pas le quart de la moitié de ce que tu vis !

Elle parvient toujours à me dérider quoi qu'il arrive.

— C'est sûr, on va en avoir pour de longues soirées à tout se raconter.

— Moi, je n'ose pas trop te parler de nous pour ne pas te filer le blues. Tu nous manques beaucoup, tu sais. L'autre jour, on était ensemble avec ta bande, on est entrés dans une église et on t'a tous mis un cierge.

— Non, j'y crois pas ! Mais tu disais toujours que la religion, c'était des conneries...

— Et alors, je peux quand même m'adresser aux esprits qui veillent sur toi sans croire à leurs machins du catéchisme, non ? En tout cas, c'était très beau et on était tous très émus.

— Et là, mais je suis pas morte, les mecs ! À propos de religion, tu sais qu'ici, il y a encore des bibles dans les chambres d'hôtel.

— Tu crois que quand tu vas passer au Maroc, c'est le Prophète qui va veiller sur toi ? Faudra qu'on aille à la Mosquée de Paris...

On retrouve notre fou rire d'autrefois. Qu'est-ce que ça me manque de ne plus raconter de stupidités à Lucille pendant des heures en grignotant des pistaches ! N'empêche que son histoire de protection, j'en aurais bien besoin !

— Tu sais, il faudrait d'abord que ton prophète, il me fasse passer là-bas sans qu'on m'arrête à la frontière !

— Et pour les finances ça va, tu n'as pas de souci ?

— Il me reste l'argent de mon salaire dans les fraisiers, mais franchement je n'aime pas beaucoup voyager avec toutes mes économies sur moi.

— Je vais essayer de voir comment on peut faire pour te passer sur le compte d'un autre de la bande, mais avec cette enquête, j'ai peur que ce soit difficile.

— Laisse tomber, Lucille. Vous avez déjà fait tellement pour moi. Je me débrouille, et bientôt je n'aurai plus qu'un an à tenir.

— Merde, c'est demain ton anniversaire ?

— Ouais, mais je sens que ça va être remplacé par un coup de sifflet bref. On soufflera les bougies l'année prochaine, pour mes dix-huit ans, et fêter la fin de mes galères ; d'accord ?

— Et Vicente ? Il ne sera pas là demain ?

C'est bien lui qui m'a appelé pendant que j'étais au téléphone avec Lucille. Je m'empresse de le rappeler en espérant qu'il sera seul. Mais je suis plutôt déçue : tout de suite Vicente me reproche mon silence. Je bredouille. Je voudrais lui expliquer, mais c'est difficile. Il me coupe.

— Luz, je me souviens du jour de ton anniversaire, mais te souviens-tu du mien ?

Rassurée parce qu'il change de sujet, je souris. Je lui avais menti en lui disant que j'avais dix-huit ans depuis une semaine, tandis que lui m'avait dit la vérité : Vicente, qui ne sait pas que je vais avoir dix-sept ans demain, va fêter ses vingt ans après-demain.

— Tu es à Cadix, ma Luz ?

— Oui, je suis exactement à la Plaza de Mina, en route pour revenir vers mon hôtel de Las Cortez de Cadiz. Et toi, avec qui vas-tu fêter tes vingt ans, Vicente ?

— Avec toi si tu me fais une place dans ta chambre. Je suis à Cadix moi aussi.

Pour commencer nous n'avons presque rien dit. Nous nous sommes retrouvés, embrassés, caressés. Au début je me suis mordu les lèvres pour chasser les images sordides d'Abdel essayant de me contraindre, pour retrouver l'amour de Vicente. J'étais en colère de sentir mon corps se raidir, se dérober, malgré mon bonheur de le retrouver. J'avais peur d'avoir mal et j'essayais de le cacher. Mais maintenant que nous sommes lovés l'un contre l'autre, nous sommes insatiables pour nous raconter ce que furent ces heures passées loin l'un de l'autre. Je commence par tout dire à Vicente sur mon passé. Au début, il boude, il ne comprend pas que je me sois tue, que je lui aie menti. J'explique la fuite, ma peur de sa mère, la recherche de la police, l'envie de profiter de l'amour sans parler de tout ça. Il voudrait m'appeler Nina, mais pour lui, je suis Luz. Tout ça n'a pas d'importance, je suis la même et, sur l'essentiel, je ne lui ai rien caché. Je suis bien celle qu'il a rencontrée il y a quelques mois. Il finit par l'admettre. Puis je lui avoue que mon anniversaire est le lendemain, juste la veille du sien.

Pendant qu'il s'est endormi, je retrouve la robe que je n'ai jamais osé mettre quand j'étais chez lui. Je descends pour la repasser. Je dois bien faire rire ma mère si elle me voit. Moi, repasser une robe ! Je regarde ce hâle doré que le climat espagnol m'a donné, et je me trouve pas trop mal. Je pense à Lucille et Anna, quand nous volions du maquillage à nos mères pour nos premières sorties.

Au fond de mon sac je tombe sur un tube de rouge à lèvres. Sourire factice, j'ouvre la bouche. Je revois ma mère se maquillant dans la salle de bains, je répète ses gestes, tandis qu'une larme glisse le long de ma joue. Je me regarde à nouveau et je cherche dans mes traits ce qui peut bien lui ressembler. Je suis un mélange exact de mes deux parents. Lui très blond, elle très brune. Je crois que j'ai ses traits à elle, ses yeux à lui, son nez à elle et des mimiques qui ne sont qu'à lui.

Je n'avais pas réalisé qu'en brune, je ressemble beaucoup plus à ma mère qu'auparavant. Quand pourrai-je retrouver ma vraie apparence ? Il faudra que je lui dise à Vicente que je ne suis pas brune ! Et qu'en principe, j'ai les cheveux longs...

Quand je reviens dans la chambre, Vicente ouvre un œil. Il pousse un sifflement, saisit ma main et nous roulons sur le lit. Une heure plus tard, je me dis que c'était bien la peine de repasser la robe. Je la remets toute froissée en riant. Vicente veut m'offrir un dîner pour mon anniversaire. Il dit qu'il a réservé une table dans un magnifique restaurant au bord de la mer et qu'une surprise m'attend là-bas : Pilar va venir nous rejoindre pour passer la soirée avec nous ! Je lui balance un oreiller sur la tête. Il m'embrasse et son baiser est long et langoureux. Nous ne pouvons plus nous arrêter de nous embrasser. Je suis sûre que je ne pourrais pas m'entendre avec un homme qui embrasse mal !

C'est doux, ça m'emporte. Je sais que nous allons passer la nuit ensemble, que nous avons encore trois jours et trois nuits avant que je ne rejoigne le bateau qui m'emmènera au Maroc. J'ai encore mal partout mais je m'en fiche. Les sales moments s'estompent, dissous dans les caresses.

Je veux vivre chaque seconde de ce temps qui nous reste. Je ne veux pas penser à plus tard. Ce soir, je fête mon anniversaire et ce qui aurait dû être un peu triste et solitaire est devenu amoureux et joyeux. Ce soir, je fête non pas mes dix-sept ans, mais l'année qui me sépare de ma liberté totale. Ce soir, dans le restaurant où Vicente a demandé qu'on me porte un gâteau avec une seule bougie, j'entends un morceau du dernier album de mon père qui passe par hasard à la radio. La coïncidence serait déjà énorme, mais son titre sonne comme un anniversaire souhaité avec pertinence par un esprit vivant. *Je serai toujours là pour toi.*

À la table voisine, un couple de Français un peu âgés engage la conversation, et l'homme me demande si quelque chose me ferait plaisir pour fêter mes dix-sept ans. Alors, moi qui n'ai pas lu depuis si longtemps, je lui demande s'il n'aurait pas un livre en français sur lui.

J'ai fini par abandonner le livre que m'avait donné Gaspard. *L'Attrape-Cœur.* Une fugue certes, mais une fugue de garçon, des préoccupations dans lesquelles je n'ai rien retrouvé de ce que je vis depuis que je suis partie. Et puis ce que je voudrais, moi, c'est me retrouver dans un roman qui me donne l'impression de plonger ailleurs pendant que je le lis. Est-ce qu'on peut s'évader d'un voyage trop réel dans un livre ?

Ils n'ont pas de livres sur eux, mais, en guise de cadeau à une voyageuse, sa femme me cite une phrase d'Albert Londres :

L'humanité se divise en deux catégories de personnes : ceux qui ont des meubles et ceux qui ont des valises. Je la note dans mon petit carnet.

Deux jours plus tard, je reçois mon passeport, une très longue lettre qu'ils ont tous écrite. Lucille, Anna, Gaspard, Jimmy, Noé, Sarah, Omar, Lisa. Dix pages où ils se lâchent sur notre amitié, sur ce qu'ils n'ont pas su me dire de la mort de mes parents avant que je ne parte, dix pages qui me font pleurer et m'encouragent aussi.

Comme la vie me paraît fluide à nouveau : Vicente a trouvé des livres en français dans une librairie de Séville.

Cela me touche énormément ce temps qu'il a pris au téléphone pour se faire conseiller par le libraire, pour choisir seul sans m'en parler, afin que ce soit une vraie surprise. Il ne sait plus ni les titres ni les auteurs, mais il est sûr que ça me plaira. Vicente dit que plus tard, nous vivrons à moitié à Paris, à moitié à El Rocio. Je n'y crois pas du tout. Mon cœur se serre. L'amour, c'est ce qui est fou et sans projets. Je déteste qu'il me parle d'avenir. Cela ne me rassure pas du tout. Je suis pleine de contradictions. Pourquoi est-ce que j'aime quand il murmure au creux de mon oreille qu'il ne veut pas me perdre ? La réponse s'étrangle dans ma gorge. En ce qui concerne la perte, on ne décide de rien. L'avenir pour moi, il est demain, quand je vais devoir le quitter, quand je vais reprendre ma route. J'essaye de ne pas trop y penser. Et malgré moi, un petit frisson me parcourt quand je songe à l'inconnu, à ce qui m'attend sur ce chemin de voyage que j'ai choisi. J'ai fui pour ne pas vivre quelque chose qui me révulsait. Mais je ne fuis plus, je ne voyage plus non plus, je suis en route.

— Et si tu ne partais pas au Maroc, si tu passais l'année avec moi à El Rocio ?
— Vicente, arrête de rêver, ta mère n'accepterait jamais de cacher une mineure française, recherchée par la police.
— Je ne sais pas. On pourrait le lui demander et ce serait moins dangereux pour toi.
— Je n'y crois pas et je n'ai pas envie de te mettre dans une situation difficile ou d'obliger ta mère à me dénoncer parce que nous sommes venus la voir pour tout lui dire.

— Ma mère ne ferait pas ça.

— Tu n'en sais rien, Vicente. Ta mère le ferait peut-être en pensant que c'est pour mon bien et ma sécurité. Elle ne sait pas que tu es avec moi en ce moment, je suppose.

— Non, bien sûr. Elle t'aimait bien tu sais, mais elle ne croyait pas à ton histoire de cousin à Huelva. Elle a compris que tu m'attirais. Elle dit toujours : quand un fils est amoureux, une mère se méfie pour deux. Et depuis que mon père est mort, elle est plus vigilante encore avec nous. C'est pour ça qu'elle nous a mis Pilar dans les pattes. Pour que tu comprennes que j'avais une vie ici. Même si elle sait bien à quoi s'en tenir à propos de cette fille. Est-ce que tu m'en veux de ne pas partir avec toi ?

— Non, je sais que Maria a besoin de toi pour l'instant. Que tu ne peux pas l'abandonner du jour au lendemain avec la ferme équestre.

C'est donc ça, être raisonnable ! Savoir que l'on dit le contraire de ce que l'on pense, juste parce que c'est ce qui paraît être le meilleur choix pour l'autre. Choisir en pleine conscience ce qui ne nous convient pas du tout, pour ne pas déranger, pour que tout soit conforme à ce qui doit être. Choisir contre son gré ce qui est le plus rangé, le moins fou, le moins désirable, le moins attirant.

Je me revois batailler contre la prof de français qui nous expliquait Corneille ou Racine, le dilemme de l'amour face à la raison. Je n'y comprenais rien. Maintenant je sais. Être raisonnable est la dernière chose que j'aurais voulu découvrir de l'intérieur. Trop tard !

Je me sens très vieille tout à coup. On est finalement trop sérieux quand on a dix-sept ans.

Je vais envoyer une lettre au petit Robert pour qu'ils suppriment quelques mots dans leur édition prochaine : insouciance, folie, délire... Je ne vois pas pourquoi des mots qui ne recouvrent rien de ce à quoi j'ai droit désormais seraient dans le dico !

Embrassons-nous encore. Enroulons-nous dans notre bulle. Je l'aime, je l'aime... Avec lui, je ris, je ne pense à rien d'autre, je suis bien. J'arrive même à oublier que je suis en sursis, que je vais partir, qu'il va retourner chez lui. J'arrive à oublier que je ne sais pas quand nous nous reverrons. Est-ce que la vie n'est faite que de séparations ? Provisoires ou définitives ?

Il a promis à Maria de rentrer ce soir. Elle pense qu'il est en virée avec des copains, des trucs de garçons sur lesquels les mères ne posent pas de questions. Vicente est un amour. Il s'occupe de moi, il demande toujours si j'ai besoin de quelque chose, si je suis bien, s'il peut faire plus. Il ne veut jamais que je paye, ni les repas ni la chambre, il dit que j'aurai besoin de mon argent pour le reste du voyage. Il dit qu'un *caballero* ne laisse pas régler une addition à une femme. Il a l'air de parler comme les hommes d'autrefois. Vicente est mon amour. Il est d'un autre monde que le mien. J'ai fini par l'admettre et, si notre histoire ne va nulle part, je suis heureuse de la vivre et d'être lucide sur son issue.

J'aurais voulu que cette nuit ne finisse pas. Mais j'ai la tristesse solide, alors je ne me plains pas. Chaque seconde posée sur nos caresses s'est gravée dans mes yeux, dans mes oreilles, dans mes doigts. Tout mon corps est imprégné de lui. Il est l'oubli de ce qui n'aurait jamais dû arriver. Il est l'homme qui m'aime.

Il m'accompagne à l'arrêt du bus qui va m'emmener à Tarifa. En attendant l'heure, nous discutons avec un Espagnol sympathique que Vicente connaît vaguement. Il a rendez-vous là avec deux autres mecs qui vont à Tarifa en voiture et doivent le déposer sur le chemin. Vicente leur demande s'ils pourraient m'emmener aussi. Je n'y tiens pas et je préférerais le bus, mais je sens que ça le rassure de me confier à des Espagnols. Alors je ne dis rien. Je peste en silence parce que ça nous empêche d'être seuls au moment de la séparation. J'entraîne Vicente à l'écart pour pouvoir l'embrasser encore.

— Je n'avais pas besoin d'eux, tu sais.
— Fais attention à toi, *cariña*. Fais attention aux Marocains. Ils sont plutôt pénibles avec les femmes.
— Mais si tu es si jaloux, pourquoi commences-tu par me faire voyager avec trois Espagnols ?
— Ce n'est pas comme si je te confiais à des Africains.

Je reste sans voix. Cette réflexion que je juge raciste me méduse. Je sens qu'il aurait fallu qu'on discute de certaines choses lui et moi, mais le moment est mal choisi. Je pense au groupe de mes potes à Paris. Tous d'origines différentes. Une Brésilienne, trois métis, un Africain, un Algérien, une demi-Allemande, deux juifs, et moi avec ma mère aux origines gitanes incertaines, mon père super français de Versailles, mais vilain petit canard aux yeux de ses parents. Pas militariste, pas raciste, pas élitiste. Artiste quoi... On est toujours la sale race de quelqu'un.

Pour l'instant, on s'embrasse indéfiniment et je surprends le regard narquois d'un de mes futurs accompagnateurs. Ça me procure un sentiment désagréable, mais je ne dis rien à Vicente qui n'a pas l'air de l'avoir remarqué.

Un dernier signe et nous partons. Et à peine cent mètres plus loin, c'est exactement ce que je craignais, les questions se succèdent : Est-ce que je suis la fiancée officielle de Vicente ? Qu'est-ce que je vais faire au Maroc ? Où vit ma famille, quel âge j'ai ?... Je mens bien sûr et j'essaye d'être sympathique, mais je n'en ai pas du tout envie. Je suis surtout triste d'avoir quitté Vicente, j'ai un poids sur la poitrine et ils m'emmerdent prodigieusement avec leurs questions.

Je me cale au fond de mon siège en essayant d'ignorer le regard de celui qui conduit et me mate dans son rétroviseur. Il me fait penser aux affreux de nos jeux avec Lucille. Je tente de dormir en faisant signe au gentil garçon, que nous devons larguer je ne sais où, que je suis fatiguée. Il doit descendre bientôt vers Jerez de la Frontera. Comme ça je pourrai m'allonger pour dormir après son départ. Je mets mon casque pour être bien sûre de m'isoler. J'écoute Wax Tailor, *Say Yes*. Imperceptiblement, je sens une inquiétude m'envahir. Au fond de mon estomac, quelque chose de timoré a fait son nid, une sensation que je ne connaissais pas.

Quand je me réveille, nous sommes arrêtés sur une petite route déserte et je m'aperçois que mon voisin n'est plus là. Les deux autres sont accroupis sur le bas-côté en train de fouiller mon sac à dos. L'un d'eux a soulevé une de mes petites culottes en dentelle et la montre à l'autre, hilare. Furieuse, je jaillis de la voiture, et je lui arrache mon sous-vêtement que je remets sèchement dans mon sac en hurlant. Qu'est-ce qui leur prend de toucher à mes affaires ? Je suis hors de moi, bien qu'encore endormie. Quand je saisis l'éclat mauvais qui brille dans l'œil de l'Espagnol qui me fait face, une sorte d'alerte se déclenche au creux de mon ventre. En une demi-seconde, je m'aperçois que nous sommes sur une petite route déserte qui n'est pas, j'en jurerais, la route qui mène à Tarifa. Je suis seule et stupidement je passe ma colère sur deux types qui ne me paraissent plus du tout fiables.

Voilà. Je le comprends trop tard. Le corps n'oublie rien. Contrairement à ce que j'avais pensé, rien ne s'efface. Quand je me croyais protégée et que le monde m'appartenait, rien ne pouvait m'arriver, mais la tendance s'est inversée et je suis devenue l'otage de ma peur, une victime ; et ça se renifle une victime. Comme si elle s'était imprimée et au revers de ma peau, mon agression précédente est l'engramme de la suivante. À partir de maintenant il faut que je croie que tout va bien se passer... même si je ne sais pas comment. Il faut que j'y croie assez fort pour éradiquer mon angoisse.

Un prédateur a deux problématiques, m'avait expliqué un prof de plongée sous-marine, savoir si tu es dangereux, ou comprendre si tu es comestible.

Un prédateur, il ne faut jamais le quitter des yeux ou lui tourner le dos pour fuir. Et c'est une règle aussi valable avec un barracuda qu'avec un léopard. Et avec un homme ?

À ce moment-là, j'aperçois au loin sur la route une voiture qui se dirige vers nous. Le deuxième garçon qui a suivi mon regard regarde l'autre avec frayeur. Je n'ai pas le temps de m'en réjouir, j'entends le déclic d'un couteau à cran d'arrêt que l'autre vient de sortir de sa poche. C'est celui qui me regardait quand Vicente m'embrassait tout à l'heure. Il m'attrape par le bras et je sens, à travers le tissu de mon tee-shirt, la lame qu'il vient d'appuyer sur mon dos. Il me tient serrée contre lui et crache à mon oreille : « Ta gueule, petite pute. On est des copains. Tu la fermes. Tu m'as bien compris ? » Terrorisée, j'acquiesce. Je pense à mes parents, je sens un peu d'urine couler le long de ma jambe sous ma robe et je regarde la voiture rouler doucement vers nous.

Quand tu es née, ton père a appelé la Terre entière pour annoncer que tu étais enfin là. Il te trouvait si belle qu'il disait à ses copains : je vais la protéger. Elle va être magnifique et elle ne sortira pas avant l'âge de quarante-deux ans. Je riais et lui rappelais le pouvoir enjôleur des gamines qui, battant des cils, arrachent à coups de « petit papa chéri » les permissions que leurs mères leur refusent. Quand j'ai commencé à te laisser aller chez des amis, j'étais confiante. Un jour, à la suite d'une vision horrible, j'ai refusé que tu partes dormir en Bourgogne. Les parents t'emmenaient en voiture et te ramenaient à la fin du week-end. Tu avais treize ans et tu t'es mise dans une rage épouvantable parce que je t'avais dit non. Incapable de gérer l'angoisse terrible qui m'étreignait à l'idée de te voir partir, je n'ai pas réussi à changer d'avis. Ton père, informé de mon cauchemar, était coincé entre l'envie de te faire plaisir et ce qu'il savait de ma décision qu'auprès de toi, je n'avais pas justifiée. J'ai passé un week-end affreux, essayant de compenser cet injuste refus que je n'arrivais pas à m'expliquer. Murée dans ton ressentiment, tu as refusé que je t'emmène au cinéma, boudé tes plats préférés, passé ton temps à soupirer, pleurer, faire la gueule et me marquer par ton hostilité que c'était bien à moi que tu en voulais, puisque tu étais charmante avec ton père.

J'essayais de comprendre, de me raisonner, de me dire que bien des fois encore, tu allais être invitée. Comment allais-je te laisser sortir sans avoir peur ? Et pourquoi, cette fois-là, je t'avais interdit ce qu'à maintes reprises, j'avais autorisé sans souci ? Je me suis interrogée sur la façon dont je pouvais te laisser t'épanouir désormais, sans pour autant devenir une mère qui a peur de tout. Où était la limite ? Le lundi matin, quand nous avons appris que la voiture de ton amie avait eu un grave accident dans lequel l'un de ses parents était mort, tu m'as regardée avec des yeux épouvantés et tu t'es jetée dans mes bras. Et j'ai su que bien d'autres fois qui suivraient, je te laisserais sortir comme je l'avais toujours fait et sans aucune appréhension. J'ai ainsi appris que l'intuition d'une mère ne doit d'explication à personne, pas même à elle.

Chapitre 14

Rencontre avec un flic

— Comme vous le savez aujourd'hui, nous allons avoir la visite d'un inspecteur de la brigade des stupéfiants qui vient faire une intervention sur l'usage des drogues, les différents dangers que cela implique... Un peu de silence s'il vous plaît. Je sais qu'en général ça vous inspire beaucoup, mais attendez qu'il soit là et vous pourrez lui poser toutes les questions que vous voudrez.

Jimmy se penche vers moi et soulève son pull pour me montrer son tee-shirt où s'étale la plus belle feuille de cannabis qu'on puisse imaginer. J'éclate de rire.

— Tu ne vas quand même pas te mettre en tee-shirt devant l'inspecteur.

— Pourquoi pas, c'est du prêt-à-porter, pas du prêt à fumer ! De toute façon moi, en tant que black, je suis déjà arrêté avec fouille automatique.

— Arrête, Jimmy, de me jouer le complexe du pauvre Noir. Ton père est consul et ta mère écrivain !

— Ben, c'est pas écrit sur ma tronche quand je me balade dans le métro, ma belle.

— Oui, mais tu ne peux pas vivre toute ta vie avec ces clichés !

— Nina, tu portes le nom d'une chanteuse de jazz qui pourrait t'expliquer que ce sont les autres qui font que t'es noir. Toi, de l'intérieur, tu vois tout en couleur !

— Bon, tais-toi, y a le flic qui arrive. Il n'a peut-être pas que des trucs stupides à nous dire !

À la sortie du bahut, les commentaires vont bon train.

— T'as entendu le montant de l'amende ? Trois mille euros et t'es considéré comme dealer si tu en donnes ! C'est carrément énorme !

— Moi, c'est le contenu d'une barrette de shit qui m'a un peu fait sauter au plafond. Merde de chameau, pneu fondu... Vaut mieux faire des plantations d'herbe naturelle sur le pont de la péniche de Nina !

— Oui, justement à ce propos, je me suis fait choper par ma mère. Elle préfère que vous fassiez pousser du basilic et du persil...

— Sans blague, ça se fume ça ? Ne me dis pas qu'elle a tout jeté.

— À moins qu'elle l'ait gardé pour sa conso personnelle, je peux dire qu'il n'y plus de plantation sur le bateau. Qui va acheter les boissons pour ce soir ?

— Les filles, non ?

— Je ne crois pas. À moins que vous les garçons vous ne préfé03031ériez préparer la grande salade et les quiches ?

Lucille n'a pas son pareil pour remettre les choses en place quand il s'agit d'organisation. Anna, elle, est plutôt spécialiste des cadeaux d'anniversaire. Je m'adresse aux musiciens du groupe :

— Papa a proposé que vous arriviez avant avec Jimmy, Noé et ceux qui ont besoin de régler leurs guitares et la sono.

— Mais ils seront là ce soir tes parents ?

— Non non. Ils partent à un concert en banlieue, et ils dorment là-bas.

— Cool. Et nous on dort sur la péniche alors.

— Ben oui, pour ceux qui veulent, et à condition d'apporter vos duvets. Anna, tu pourrais me passer les cours de maths de mardi dernier pour que je les recopie s'il te plaît ?

— Qui a fait son DM de physique pour demain ?

— Gaspard ! Tu n'as pas commencé ? C'est super-long à faire, tu ne vas jamais avoir le temps de le finir ; surtout si on fait la fête ce soir !

— Tu vas m'aider, ma petite Nina.

— Moi, je vais te le faire ton devoir, mon petit Gaspard.

— Argh, Anna ! Non, pas une littéraire qui met son nez dans la physique. Toi, t'es priée de t'en tenir à tes délires philosophiques.

— Je rentre aider ma mère à arranger la péniche pour ce soir. À tout à l'heure...

— Attends, Nina, on vient avec toi, on commencera à faire les quiches.

J'adore ce moment, un peu avant la fête, quand tout s'organise et que se profilent à l'horizon de longues heures, à faire de la musique, à manger, à boire et à rire. Surtout quand mes parents ont la bonne idée de nous laisser le champ libre ! Nous marchons vers le métro. Il fait beau et il commence même à faire chaud. Toute la semaine j'ai prié pour que ce vendredi soir ne se déroule pas sous la flotte. C'est nettement plus agréable de disposer de tout le pont de la péniche quand on fait une fête.

— Tu n'as pas trouvé qu'il était bizarre Noé aujourd'hui ?

— Tu veux dire quoi par bizarre ?

— Je ne sais pas, il ne disait presque rien, il avait l'air malade.

— Il est toujours amoureux de Lisa ?

— Non, je crois que c'est fini, mais en tout cas, il n'était pas comme d'habitude.

— Envoie-lui un texto : pourquoi t'étais pas comme d'habitude ?

— C'est malin... Vous ne remarquez jamais rien vous !

— Non, Lucille, on compte sur toi.

— Hé, regarde, c'est le flic de la brigade des stups. Il a l'air de venir vers nous.

— Excusez-moi, je voulais vous dire que je suis désolé pour la photo tout à l'heure. Votre professeur principal m'a expliqué que c'était pour votre journal d'école, mais je suis encore en activité et parfois j'infiltre des groupes de trafiquants, alors je ne pouvais pas vous laisser prendre une photo de moi.

— Vous voulez dire que vous jouez à être une taupe ?

— Jouer n'est peut-être pas le bon mot, mais c'est ça oui. Alors vous comprenez qu'une simple photo avec comme légende « Capitaine à la brigade des stups »

pourrait me mettre en danger. À votre âge, j'imagine que c'est difficile de comprendre que la vie peut être dangereuse...
LA VIE DANGEREUSE... TU COMPRENDS ? LA VIE PEUT ÊTRE DANGEREUSE... TU COMPRENDS ?...

Je suis couchée, je transpire, il fait sombre mais j'aperçois une mince tartine de jour qui filtre à travers les volets de la chambre dans laquelle je me trouve. Je me lève d'un bond. Je suis où là ? L'odeur de la chambre... La petite route déserte avec les deux Espagnols... Le flic qui m'a sauvée... Vicente que j'ai quitté, la longue lettre de mes potes et puis notre vie d'avant, tout me revient. Wouah, quel mélange j'ai fait cette nuit ! J'en ai mal à la tête. J'ouvre grand les volets et je respire l'air parfumé des fleurs d'oranger du jardin de Joseph. J'ai faim. Pas étonnant, il est 9 h 30.

Je suis encore troublée par ce rêve de ma vie d'autrefois, une vie que je ne reconnais plus tant elle me semble lointaine. Des préoccupations qui me semblent obsolètes : le bahut, faire la fête, bosser pour les examens et rencontrer des adultes qui nous parlent de leur vie et de la nôtre, mais chacun sur sa planète.

Une bonne odeur de café et de tartines grillées monte de l'étage inférieur. Je passe une tête dans le couloir en essayant de me souvenir où est la salle de bains. Une fois habillée et douchée, je me sens mieux et j'essaye de ne pas penser à ce que je vais dire à Joseph pour qu'il cesse de croire que je lui mens, ce qui est absolument la vérité !

Il m'accueille avec un grand sourire et une table couverte de tentations. Churros, confitures, miel, tartines, viennoiseries, fruits, fromage blanc. Il sourit devant mon air gourmand.

— Inutile de te demander si tu as bien dormi, tu as encore la marque de l'oreiller sur la joue.

— J'ai fait de drôles de rêves, mais je crois que je me sens plus reposée qu'hier.

— Il y avait largement de quoi faire des cauchemars. J'espère que tu t'es remise de ta mauvaise rencontre ! Assieds-toi et régale-toi.

— J'ai quand même eu une sacrée chance que vous passiez par là !

— Il faut tenir le hasard pour un dieu et les dieux pour moins puissants que le hasard... C'est pas d'hier, c'est d'Euripide.

— Très drôle ! Je suis tombée sur cette phrase pour mon dernier bac blanc, de philo, mais je n'ai pas réussi à m'en souvenir quand je la cherchais il n'y a pas si longtemps.

À ce moment-là, on sonne à la porte et une angoisse soudaine me serre l'estomac. Joseph sort de la cuisine, j'écoute sans me montrer tandis qu'il ouvre la porte d'entrée. Mais il dit seulement merci et à samedi à son interlocuteur.

Je suis rassurée et je me demande pourquoi j'ai eu si peur. Est-ce parce qu'il m'a dit hier qu'il était flic ?

Je regarde autour de moi et je remarque que tout ici a l'air très organisé. Il m'a tout l'air d'un célibataire maniaque, cet homme. Tout est rangé sur des étagères en bois, ou suspendu à des crochets. Un peu de vaisselle propre sèche sur l'évier, et au mur trône un tableau où sont accrochés de petits papiers, des listes d'ingrédients ou des pense-bêtes ainsi que quelques photos. J'aperçois une brune, jolie, habillée comme dans les années 1970. On dirait des photos de jeunesse de ma mère. La fille ressemble beaucoup à Joseph.

— C'est ma fille que tu regardes sur cette photo.

Il vient d'entrer avec un litre de lait à la main qu'il pose sur la table.

— Tiens, tout frais livré de la ferme du coin !

— Ma mère avait des photos d'elle un peu comme celle-là.

Sans faire attention, j'ai employé le passé, mais Joseph ne semble pas l'avoir remarqué.

— Ma fille est née en 1962.

— Comme ma mère alors. J'espère que ça ne vous ennuie pas que j'aie regardé cette photo.

— Luiza est morte depuis longtemps, tu sais. En 1979 pour être précis... d'une overdose. J'aurais pu avoir une petite-fille comme toi, Luz. Tu sais, je suis un vieux bonhomme de soixante-quinze ans maintenant. De quoi est morte ta maman ?

Tiens, il avait bien entendu ma phrase au passé. Je suis ébahie que Joseph ait cet âge-là, et je le lui dis comme pour éviter de répondre à sa question. J'en rajoute un peu, mais je suis sincère.

— En plus, quelle souplesse hier pour me défendre !

Il fait le modeste en disant qu'il a quelques beaux restes des techniques de combat de sa carrière de flic.

— Je vais te raconter quelque chose à propos de ma fille et ensuite tu décideras si tu peux te confier à moi en toute confiance.

Ça ne lui a donc pas échappé quand je ne réponds pas aux questions personnelles !

— J'étais un flic brillant et j'ai fait tomber pas mal de réseaux de drogue. Puis je suis devenu le patron de la lutte contre les stupéfiants en Espagne. Quand je dis le patron, j'étais plutôt sur le terrain, infiltré. J'étais peu à la maison, mais j'avais une femme formidable qui s'occupait de ma fille, et de moi, quand je rentrais. Malheureusement, elle a été emportée en quelques mois par une méningite. Je me suis retrouvé seul avec ma petite fille de treize ans et je n'ai pas compris qu'elle avait perdu toute raison de vivre avec la perte de sa mère. Je croyais pouvoir être pour elle le père et la mère. Mais j'étais moi aussi dans la peine. Je ne lui montrais pas que je souffrais et je niais sa souffrance. J'étais un homme très dur, doublé d'un flic intraitable. Quand elle a commencé à se droguer, ce qui était un appel au secours suprême, j'ai fait tout ce qu'il ne fallait pas faire. Je l'ai mal pris. J'ai juste considéré qu'elle faisait exprès de m'attaquer sur ce terrain-là, comme pour me faire plus de mal. Et voilà, un jour elle est morte et je me suis retrouvé seul avec ma culpabilité.

Pendant qu'il me parle, je comprends pourquoi son visage me paraît familier. Il ressemble à Clint Eastwood. Et là, soudain devant moi, il a l'air d'un personnage irréel qui m'a sauvée et qui porte un fardeau de vie terrible.

— Ce n'est pas forcément votre faute si elle est morte.

— J'ai essayé de me dire ça moi aussi, depuis des années, mais je ne peux m'empêcher de penser que si je m'y étais pris autrement, elle serait toujours en vie... J'ai beaucoup œuvré pour faire la paix avec moi-même. Alors Luz, si tu me racontais vraiment qui tu es, et qui tu fuis... Je pourrais peut-être t'aider ?

Et l'improbable se produit : pour la première fois depuis le début de mon voyage, je me confie vraiment à quelqu'un qui risque de me ramener à Paris vivre avec mes grands-parents. Pourquoi je prends ce risque ? Je n'en sais rien. Peut-être à cause de l'agression de la veille, parce que je sais que j'ai eu beaucoup de chance jusqu'à maintenant, mais qu'on n'est pas dans un film, même si j'ai Clint Eastwood en face de moi. Tout peut s'arrêter et ce serait trop bête que ça finisse mal, alors que je sais à quel point c'est beau l'amour. Je voudrais vivre maintenant. Et je le choisis. Parce que si je voulais mourir un peu quand je suis partie, je n'ai plus aucune envie de disparaître sans avoir vécu.

Alors je lui avoue tout et ça me fait un bien fou de me confier à cet homme qui doit avoir l'âge de mon grand-père, mais a visiblement fait un autre chemin que celui de ce militaire borné. Il m'écoute avec attention, fronce parfois les sourcils, mais ne m'interrompt jamais. Je n'omets rien, ni les gitans, ni l'assassinat dans la chambre, ni mon début de viol à Huelva. C'est évidemment un gros risque, mais plus j'avance dans mon récit, et plus je suis persuadée de faire le bon choix. C'est devenu lourd à porter. Je ne sais même pas si je vais pouvoir prendre le bateau pour le Maroc et j'ai bien besoin d'un allié solide. Tant que j'y suis, je lui raconte aussi les trafics de passeport entre

Lucille et moi, mes projets pour filer par le bateau de Tarifa. Je passe rapidement, nommant Vicente sans entrer dans les détails, mais je devine que Joseph saisit finement ce qu'il représente pour moi. Quand j'ai terminé, je guette dans son regard quelque chose de rassurant et l'idée m'effleure qu'il va appeler la brigade des mineurs et mettre fin à mes espérances de voyage. Mais c'est d'abord une exclamation admirative que je recueille.

— Eh bien, Nina, tu me parais être une petite personne extrêmement structurée et maligne. Quel voyage tu as fait depuis quelques mois ! Je connais des adultes qui s'en seraient moins bien tirés que toi.

— Est-ce que vous pouvez m'aider, Joseph ? Vous savez, je ne cherche pas à faire quelque chose d'extraordinaire ou de dangereux. Je veux juste qu'on ne décide pas de ma vie sous prétexte que mes parents ont disparu.

— Tu pourrais essayer d'obtenir une sorte d'autonomie précoce. Quelque chose qui te donnerait le droit d'être en quelque sorte majeure avant l'heure. Je crois que ça existe en France. Je peux me renseigner si tu veux.

Comme je dois être en train de me renfrogner, il se marre franchement :

— Je ne suis pas en train de te raccompagner chez toi, rassure-toi. Je cherche une solution qui t'éviterait de fuir et de te retrouver dans des situations dangereuses qui pourraient très mal finir.

— Mais je ne recherche pas le danger...

— Tu sais, parfois, ce sont les situations que nous créons qui sont dangereuses, plus encore que les personnes. Où veux-tu aller au Maroc ? Chez Naïma, je suppose.

— Dans sa famille, oui.

— Mais tu ne les connais pas, n'est-ce pas ?

Je me retrouve soudain dans la situation que je ne veux plus vivre désormais. Discuter avec un adulte de ce qu'il faut faire ou ne pas faire, de ce qui m'est permis ou pas. C'est trop tard maintenant. Je m'en rends compte. J'ai pris ma vie en main et quelque chose a définitivement changé. Ce qui est étrange, c'est de sentir que, pendant que ces pensées me viennent, Joseph, en face de moi, a l'air de me capter cinq sur cinq. Il soupire en me regardant.

— Tu sais, ma petite Nina, j'ai cessé de voir la vie comme je la considérais quand j'étais flic. Bien sûr, il y a les bons et les méchants, ceux qui font la loi et ceux qui l'enfreignent, mais surtout il y a une bande d'êtres humains qui passent au mieux cinquante à quatre-vingt-dix ans sur cette terre et qui essayent de se frayer un chemin entre leurs croyances, leurs décisions, leurs refus et leurs désirs. Je ne me sens aucun droit de décider de ce que tu vas faire. Je n'ai pas l'intention de te ramener à tes grands-parents et je ne vais pas non plus être ton tuteur. Mais je vais t'aider de mon mieux et tu pourras toujours revenir chez moi, ou m'appeler si tu as besoin de quelque chose. Pour le reste, je te laisse décider. Est-ce que ça te convient comme ça ?

— Je crois, oui.

À partir de ce moment, j'ai compris que Joseph mettrait tout en œuvre pour respecter mes choix, et j'ai pu aussi constater combien tout est plus facile quand on a les connexions et les réseaux. Il m'a demandé de lui laisser un peu de temps pour se renseigner, afin que nous sachions où en était la recherche qui me concernait. J'ai joué avec le chien dans le jardin et c'est vrai qu'il était rudement fort à la balle. Et puis je me suis aperçue que j'avais des tonnes de messages de Vicente. Des mots d'amour, pour commencer, et puis des messages inquiets. Alors je l'ai rappelé pour lui dire que j'étais à Tarifa et que j'aurai une place sur le bateau de demain. Je m'en veux de lui avoir menti encore, mais comment lui avouer qu'il a fait un si mauvais choix en me confiant à ces deux débiles qui ont essayé de m'enlever ? Il a déjà suffisamment froncé les sourcils en découvrant le gros bleu sur l'intérieur de ma cuisse, souvenir de mon combat contre Abdel.

En quelques heures, Joseph a pu savoir qu'il y a un avis de recherche sur mon nom et celui de Lucille, en tant que faux passeport. Pour Tarifa, il n'est pas sûr que je puisse prendre le bateau. Il pourra se renseigner sur place pour savoir s'ils ont reçu l'avis de recherche, avant que je ne présente mon passeport. Il me raconte ses exploits : il a mis un ami aux trousses de mes agresseurs, pour un soi-disant contrôle de routine. Comme je m'inquiète de son zèle policier, il me rassure vite. En ce qui concerne le reste de mon récit, il se fiche pas mal des règlements de comptes entre gitans. Ça fera moins de voleurs s'ils s'entre-tuent. Je proteste, mais il me rit au nez.

— Sais-tu combien il y a de mots en calo pour dire le mensonge, ou le boniment qui est leur spécialité ?

— C'est quoi le calo ?

— Ah, tu vois, tu ne sais pas tout ! Le calo est en quelque sorte la vieille langue d'origine gitane. *Bulipen, bulo, hirigana, jerigana, juganeta...* et d'autres termes encore expriment le mensonge qui sert aux gitans à se mouvoir dans un monde qui leur ressemble peu. L'idéal pour eux serait de vivre sur une Terre où il n'y aurait qu'une parole pure et pas de rapport d'argent.

— Comment savez-vous tout cela, Joseph ?

— Ma grand-mère maternelle était une gitane. Elle a épousé un juif, français exilé en Espagne.

— Et vous, le flic *apayado*[1], il vous reste quoi des gitans ?

— L'honneur, l'instinct peut-être. Tu sais, Luz, c'est moi qui ai choisi de revenir à Jerez, le village de ma grand-mère, pour y vivre ma retraite. Mes parents n'ont jamais vécu ici. On fait de drôles de choses, une fois vieux.

Le lendemain, pendant que Joseph va mener son enquête auprès de ses amis policiers de Tarifa, je me promène sur le port, les yeux fixés sur cet énorme bateau qui va traverser pour gagner Tanger. À nouveau, je ressens ce frisson définitivement associé au voyage. Soudain une voix m'interpelle : Luz, Luz...

Le temps que je me retourne, Naïma est dans mes bras avec Ali accroché à elle dans sa couverture. Je suis si heureuse de la voir et surtout qu'Abdel ait tenu sa promesse. Elle est seule et prend le prochain bateau. Comme il a changé, ce petit Ali, je

---

1. *Apayado :* gitan agissant comme un *payo*.

l'embrasse et m'extasie sur sa petite bouille de bébé bien nourri. Naïma me paraît encore plus frêle que dans mon souvenir. Je n'arrive pas à lui en vouloir encore de ce qu'il s'est passé à Huelva ; j'ai compris qu'elle n'avait pas voulu l'agression d'Abdel. Nous avons peu de temps car elle doit embarquer dans les minutes qui viennent. Je voudrais lui dire que j'ai revu Vicente et lui raconter ce qui m'est arrivé, mais elle me coupe en cherchant dans son sac.

— Luz, il faut que je te dise, j'ai rencontré ce gitan que tu cherchais. Marsilio. Il m'a donné une lettre pour toi. Il repartait à Séville. J'ai entendu quelqu'un l'appeler quand nous avons pris le bus, alors je lui ai demandé s'il te connaissait. Et c'était bien lui... Est-ce que tu vas prendre ce bateau avec moi ?

Je promets à Naïma de la rejoindre. Toutes mes affaires sont chez Joseph et, même s'il n'y avait pas d'avis de recherche, je ne pourrais pas partir aujourd'hui. Ali se réveille et se met à gazouiller. Je les embrasse une dernière fois et elle monte à bord. Avant de me quitter, elle s'assure que j'ai toujours l'adresse et le téléphone de ses parents. Tandis que je lui fais de grands signes, je sens derrière moi la présence de Joseph qui doit avoir fini son enquête. Je lui montre Naïma et Ali sur le pont du bateau. Il rit de voir à quel point ce départ de bateau m'émerveille.

— Ça ressemble à ce que devaient vivre les gens autrefois, quand ils partaient pour l'Amérique, non ?

— Tu es vraiment une voyageuse, Nina, mais je crains que tu ne puisses pas prendre ce bateau-là ni demain ni les jours qui vont suivre.

— Merde, je suis fichée ?

— Plutôt oui. Enfin, comme prévu. Tu vas m'accompagner au marché, nous allons acheter de quoi faire une bonne **paella** et réfléchir à tout ça, une fois le ventre plein.

— Vous êtes un gourmand, Joseph ?

— Et tu vas voir que je fais la cuisine comme un vrai chef !

— Est-ce que vous savez ce que c'est qu'un goinfre ?

— ...

— C'est un gourmet qui se retient ! Joseph ?

— Oui ?

— Je crois que je ne vous ai même pas dit merci, ni pour hier ni pour tout.

— Oui, je me disais aussi que tu es une sale enfant ingrate !

Joseph a passé son bras autour de mes épaules dans un geste affectueux et il m'embrasse la tempe. Je ne sais pourquoi, mais je ne suis pas inquiète pour le bateau, plutôt soulagée de l'avoir su avant !

Pendant que Joseph prépare la paella, je fais la curieuse et j'examine sa discothèque. C'est un amateur de jazz. Il a des tas de disques que je connais et que j'ai écoutés chez mes parents. C'est un peu comme s'ils me faisaient un clin d'œil à travers la musique qui est là, sur cette étagère.

— Je peux mettre un CD ?

— Bien sûr, choisis ce qui te fait plaisir. Tu m'as bien dit que ton père était un musicien de jazz ? Alors, tu dois avoir un meilleur goût que les jeunes de ta génération.

— Joseph, arrêtez de parler comme un vieux con !
— Mais je suis un vieux con, ma chère enfant.
— Bon, très bien, alors je vais vous mettre un des pianistes préférés de mon père, un très vieux. Et même le morceau préféré de mon père puisque je vois que vous l'avez : *Oblivion*, Bud Powell. Mais je vous avertis, je vais peut-être pleurer parce que je n'ai pas osé l'écouter depuis qu'il est mort.

Et contrairement à ce que je pensais, je n'ai pas envie de pleurer. J'ai envie de retrouver tous les bons souvenirs que j'ai de ce morceau et de la complicité d'une petite fille avec son père musicien. Je me souviens de mon père l'écoutant sans relâche, heureux quand il me faisait entendre ce qu'il aimait. Je lui proposais d'écouter mes musiques à moi. Il avait l'oreille large et multiculturelle. J'étais tellement fière de lui faire découvrir des musiciens qu'il ne connaissait pas. Sans l'avoir prévu et pendant qu'il prépare sa fameuse paella, nous écoutons le jazz qu'aimait mon père, et je partage avec Joseph les souvenirs les plus joyeux que j'ai de mes parents. Puis il me parle lui, de sa fille. Et nous ne sommes tristes ni l'un ni l'autre. Je comprends ce jour-là une chose essentielle : on peut parler des morts, rire encore de nos souvenirs comme s'ils étaient présents. Je les porte en moi, mais ils ne me font pas mourir comme je le croyais avant ; c'est moi qui les fais revivre.

Une fois seule dans ma chambre, je mets un peu d'ordre dans mes affaires. Joseph m'a redit qu'il allait examiner la situation afin de voir comment il pouvait m'aider à partir au Maroc. Il pense comme moi que là-bas, tranquille dans le village proche d'Essaouira et dans la famille de Naïma, je pourrais passer un peu de temps et revenir quand la situation se sera un peu calmée. Il m'a proposé de m'accueillir chez lui, mais je n'y tiens pas et je crois qu'il l'a senti. Il n'a pas insisté. Je ne crois pas que je pourrais vivre ici, dans cette maison, dans une ville si près d'El Rocio, mais sans être avec Vicente. Et puis je m'ennuierais en ne faisant qu'attendre que le temps s'écoule jusqu'à mes dix-huit ans. Je sais que je reprendrai mes études dès que je rentrerai, alors, en attendant, je veux voyager et découvrir.

Quelque chose m'attire dans cette aventure qui m'entraîne toujours un peu plus loin. Là où l'on croit qu'il y a une destination, ce n'est que le début d'un autre chemin. Un peu comme je cherchais Marsilio depuis le début de mon voyage, sans le rencontrer, mais en trouvant toujours un endroit où aller pour le chercher encore. À propos de Marsilio, cela me fait penser que je n'ai toujours pas ouvert sa lettre. En la prenant dans la poche de ma veste, je retombe sur une petite carte de visite toute chiffonnée. Celle de Luiz, le pilote! Je sors de ma chambre en courant et me précipite dans l'escalier que je descends à toute allure. Joseph est confortablement installé dans un fauteuil avec un journal et je débarque excitée comme une puce.

— Et si j'y allais en avion?
— Pardon?
— Avec un pilote privé? Que pensez-vous d'un pilote qui pourrait m'emmener au Maroc? Celui que j'avais rencontré... Vous savez, le vieux petit prince...

Nina,

Je sais que tu m'as cherché et je suis désolé de ne pas avoir été là pour toi. J'aurais aimé te revoir, ma petite danseuse blonde. J'ai été très triste d'apprendre l'accident de tes parents. Je comprends ce que tu as dû sentir au fond de ton cœur. Moi aussi j'ai perdu mes deux parents très jeunes. J'ai vu Paco la semaine dernière, il s'est beaucoup inquiété pour toi. Et Juana aussi. La Mère disait que tu n'étais pas partie avec Enrico. Comme toujours, elle avait raison. De lui, nous n'avons aucune nouvelle. Il a toujours eu de mauvaises tripes. (Je ris en traduisant cette expression espagnole qui est intraduisible chez nous. Las malas tripas, ça n'existe que chez les gitans.)

Nous pensons qu'il s'est enfui après avoir tué le mari de cette gitane dont il était l'amant. Tout s'est passé dans ma chambre et Juana m'a dit que tu étais là, mais j'espère que non. Je vais retourner maintenant à Séville et j'y resterai jusqu'au mois de juillet. Te voilà une enfant du voyage maintenant. Il faut que tu saches que même quand on a des parents, on est toujours l'enfant de son propre voyage. Reviens quand tu veux. On m'a dit que tu avais dansé comme une gitane flamenco. Et j'ai répondu que tu avais eu un bon professeur. Alors, en attendant de voir les progrès de la vie sur ton flamenco, va avec le vent. Mon souvenir t'accompagne. Marsilio

Chapitre 15

Départ au Maroc

Je ne sais pas ce que se racontent ces deux-là depuis tout à l'heure, mais ils ont l'air d'être copains depuis toujours. Joseph m'a demandé si ça ne me dérangeait pas qu'il discute en privé avec Luiz. Bien sûr je n'allais pas refuser, vu que ce sont les deux personnes qui sont en train de m'aider à quitter l'Espagne avec mon passeport de fugueuse ! Mais il faut bien avouer que ça ne me plaît guère de ne pas assister à la conversation. Quand Joseph revient, il a l'air ravi, comme s'il venait de faire un mauvais coup.

— Luiz pense comme moi qu'en partant du petit aérodrome d'ici et en arrivant à Casablanca sur une petite base qu'il connaît, tu as plus de chances de pouvoir passer sans souci avec ton passeport. Tu vas pouvoir de nouveau t'appeler Nina. N'oublie pas de mettre un foulard. La fille qui était blonde aux cheveux longs et qui devient brune aux cheveux courts, ce n'est pas une bonne idée avec ton vrai passeport. Si tu as un foulard, ils ne verront que les traits de ton visage et ça m'étonnerait qu'ils te demandent de l'enlever. Ça ne se fait pas dans un pays musulman, même aux frontières ! Une fois là-bas, Luiz t'emmènera à Essaouira.

— Mais je croyais qu'il s'arrêtait à Casablanca.

— Disons que nous avons négocié ça ensemble. En avion, c'est une toute petite distance.

— Combien ça va coûter tout ça ?

Évidemment, j'espérais que Luiz allait me faire un prix d'ami, mais je ne peux quand même pas lui demander de payer de sa poche le carburant. Joseph me sourit et agite la main.

— C'est moi qui m'occupe de ça, ma petite Nina. Ne suis-je pas ton grand-père de substitution ? Luiz ne te fait pas payer son pilotage et je lui ai réglé les frais de l'avion.

— Je ne peux pas accepter, Joseph, vous avez déjà tellement fait pour moi.

— Eh bien, disons qu'il y a des jours où la vie est moche et d'autres où la vie nous sourit. Ne boude jamais ton plaisir, il y a trop de gens qui ont du mal à se réjouir de ce qui leur arrive de bien ; comme s'ils devaient être coupables d'être plus heureux que les autres jours. Et puis ne te méprends pas sur mes intentions : ce n'est pas gratuit ce que je fais pour toi ! Je n'aurai jamais de petits-enfants, alors j'espère qu'après cette histoire, tu ne me laisseras pas tomber comme un vieux croûton et qu'il y aura un peu de place dans ton cœur pour un vieux flic ronchon qui aime le jazz et qui cuisine bien la paella.

Cette fois je ne me demande pas ce que je peux faire, je lui saute au cou et lui colle un baiser sur chaque joue. Il lève les yeux au ciel et me serre le bras sobrement, mais je vois bien qu'il est content.

Le départ est fixé dans trois jours. Joseph a pris mon numéro de téléphone et tient à ce que je le contacte si j'ai le moindre souci. Je promets et, il faut bien le dire, ça me rassure aussi de savoir que j'ai enfin un adulte sur qui je peux compter sans lui mentir.

Avant de partir, je joins Lucille et les autres pour leur faire part de mes dernières aventures. Lucille me pose toujours des questions sur Vicente, et Gaspard veut savoir quand je serai au Maroc et où exactement. Je sens qu'il a une idée derrière la tête, mais il ne veut rien me dire. Ils sont absolument scotchés par le coup de l'avion privé et j'essaye de minimiser l'affaire. Je ne voudrais pas qu'ils croient que voyager seule, recherchée par la police, c'est sympa, charmant et de tout repos. L'aventure a son bémol et je l'ai largement expérimenté.

Joseph me quitte avant que nous ne prenions notre envol. Je sens qu'il n'aime pas les adieux et ne veut pas montrer qu'il est triste. Après son départ, j'examine l'engin et demande à Luiz s'il va vraiment voler jusqu'au Maroc. Il me répond que la bête est susceptible ainsi que son propriétaire et que je serais bien inspirée d'arrêter de poser des questions idiotes. Je pense que j'ai quand même de bonnes raisons de m'informer vu mon histoire personnelle, mais je ne lui dis rien pour ne pas le mettre mal à l'aise.

Il a encore quelques trucs à régler avant de partir. Visiblement je dérange, alors je traîne un peu dans le hangar qui me rappelle celui où j'ai rencontré Luiz. Je trouve un paquet de journaux qui datent un peu. Je picore dans les pages. On y raconte de vieilles histoires d'aviateurs célèbres, des nouveautés techniques et soudain, dans un article daté du mois de novembre, je lis qu'on a emmené les familles françaises des disparus du vol Rio-Paris afin qu'ils puissent se recueillir lors d'une cérémonie d'hommage. Les yeux pleins de larmes, je reste scotchée à la photo de la stèle en cristal sur laquelle ont été gravées deux cent vingt-huit hirondelles symbolisant les victimes. Elle a été placée face à l'océan. Une autre photo montre un débris de l'avion, immense, aux couleurs d'Air France, posé sur l'eau. Le témoignage d'une psychologue termine l'article : « Il est très difficile, explique-t-elle, pour les parents des décédés dans ce genre de catastrophe d'accepter une mort qui est une disparition sans preuve et sans corps. »

Est-ce que j'aurais pu partir là-bas me recueillir avec ces autres familles ? Qu'avons-nous en commun, sinon la perte dans un même avion de ceux que nous aimions ? Aurions-nous échangé quelque chose que les autres, nos amis, ne peuvent pas nous donner ? Existe-t-il d'autres enfants, qui vivent ce que je vis, qui sentent ce que je sens ? La mort est-elle différente pour un frère, une sœur, un fils, une amoureuse ? Non, je ne crois pas que j'aurais aimé aller là-bas. Comme je me fous pas mal de savoir s'ils vont un jour retrouver les boîtes noires, dire ce qu'il s'est passé, nous faire regretter, trouver un responsable, maudire la technique, attaquer les constructeurs ou incriminer les pilotes. Pour quoi faire maintenant ?

Je n'ai pas entendu Luiz se rapprocher de moi. Il a vu ce que je lisais par-dessus mon épaule sur laquelle il vient de poser sa main avec douceur. Je comprends qu'il sait. Joseph a parlé sans doute.

— Tu es prête, Nina ? Je vais t'apprendre quelques rudiments de pilotage et t'expliquer ce qu'est un plan de vol.

Ou comment extraire le mal par le bien ? Je le suis, intéressée, car je garde paradoxalement un souvenir magnifique de notre dernier vol.

— Tu es déjà allée au Maroc avec tes parents ?

— Non, c'est le premier pays dans lequel je vais aller sans jamais l'avoir visité avec eux. Mais à Huelva j'ai vécu plusieurs semaines avec des Marocaines...

— Je pense que tu vas beaucoup aimer cette terre. Et la découvrir vue du ciel est un grand privilège.

Luiz a raison. Il fait un temps splendide et nous passons rapidement la Méditerranée pour aborder les côtes marocaines. Luiz connaît bien le trajet. Il a même essuyé quelques tirs rebelles autrefois, à l'époque d'un rallye qui reliait Toulouse à Saint Louis du Sénégal. Parfois j'ai du mal à le suivre dans ses histoires, car je ne sais pas s'il me livre les aventures des aviateurs qu'il a aimés ou ses propres souvenirs.

Les couleurs sont magnifiques, que ce soit celles de la médina de Tanger ou celles des rivages et des montagnes plus loin sur notre route de l'air. C'est plus vert que je n'aurais pensé. J'adore voir le bleu profond de la mer, la ligne d'écume, immobile vue de cette hauteur, et qui vient lécher les côtes grises ou beiges du Maroc. Comme la fois précédente, au début, j'ai un peu peur de tenir le manche, mais Luiz m'encourage et je prends de l'assurance.

— Ce qui doit être délirant, c'est d'atterrir et de décoller.

J'ai pensé tout haut et je vois qu'il a un sourire d'une oreille à l'autre. Le voilà content de m'avoir contaminée. Il a de grandes théories sur le fait qu'un pilote ne peut plus voir les choses de la même façon une fois au sol.

— Quand on prend de l'altitude, tu comprends, on est moins mesquin à terre. Et puis s'en remettre aux éléments naturels, c'est une façon d'être plus humble. On a quelque chose de commun avec les marins, comme si l'aventure sur mer ou dans les airs surpassait de très loin celle qu'on peut vivre dans un voyage terrien.

— Oui, les astronautes disent ça aussi.

Je l'ai dit sérieusement, mais il me regarde pour voir si je me fous de lui. Luiz est très susceptible et ça me fait beaucoup rire. Mais c'est vrai que j'avais vu un documentaire sur des astronautes qui expliquaient la tendresse qu'ils avaient en regardant la Terre, vue de l'espace. Ce qui m'étonne, c'est la façon dont on perçoit le vent, les courants, les nuages et tout ce qui agite l'air là-haut. Quelques heures plus tard, quand nous atterrissons à Casablanca, j'ai la tête pleine d'images et de sensations magnifiques. Mes parents ne sont plus morts dans un avion, ils sont tombés d'un bus de l'espace. L'avion, c'est ce que je viens de vivre !

J'en ai oublié que je vais devoir montrer mon passeport et, quand nous nous dirigeons vers la guérite de contrôle, je jette à Luiz un regard inquiet. Il a l'air confiant et salue le policier marocain qu'il semble connaître.

— J'ai une passagère aujourd'hui que je vais emmener demain à Essaouira dans une famille marocaine.

Il lui donne mon passeport que l'autre regarde attentif et, soudain, comme inspirée, je lui dis ma joie de découvrir son pays ; je lui parle de Naïma, des Marocaines qui étaient mes amies, de leur sens de l'accueil, du partage. Je lui fais une démonstration de youyous, j'esquisse quelques pas de danse orientale. Luiz me regarde, éberlué par ce numéro sincère à la gloire de la gaieté marocaine. C'est gagné. Le policier lâche mon passeport et se marre de mon enthousiasme. Il me dit que sa famille est originaire de l'Atlas, que si je veux, avant de repartir, il m'emmènera là-bas, j'assisterai à un mariage. Luiz est médusé, presque vexé que je m'en sorte aussi bien. Je ris de voir sa tête et nous quittons mon nouvel ami qui me serre la main avec conviction. Quand nous repassons avec nos sacs que nous venons de récupérer dans l'avion, le policier me rappelle et mon estomac se serre. Aurait-il procédé à une vérification quelconque sur mon nom ? Je m'avance vers lui et il m'offre un paquet de dattes en me souhaitant bon voyage et en m'indiquant quel est le restaurant où l'on peut manger le meilleur tagine de la ville. Il faut demander Charif de sa part. Je le remercie en arabe. Et je rejoins Luiz qui, comme moi, pousse un grand soupir de soulagement.

Tout de suite, il envoie un message à Joseph pour l'informer que tout s'est bien passé. Nous logerons pour cette nuit dans un hôtel que Luiz connaît, pas très loin du port. Nous faisons signe à un taxi. L'homme demande à Luiz combien il paye et ce dernier lui répond que ce sera comme hier. Comme je le regarde, étonnée, il me fait signe que tout va bien. À l'arrivée à l'hôtel, Luiz donne le montant de la course au taxi qui hurle au voleur. Ce n'est pas ça le prix, c'est plus de 500 dirhams, lui affirme notre taxi, mais Luiz le laisse à son désespoir et se dirige vers l'entrée de l'hôtel. Comme je suis un peu perplexe, Luiz me rassure en riant.

— Ne t'inquiète pas, c'est toujours comme ça ici, avec les taxis ! Ils essayent de te faire payer dix fois le prix. Ne te fais pas avoir surtout.

Des porteurs prennent nos bagages et j'ai l'impression de descendre dans un palace. L'entrée est majestueuse, les chambres impressionnantes, toutes décorées de stucs et de sculptures de bois, mais pas grand-chose ne marche. C'est la copie du luxe, sans la fonctionnalité. J'aime tout de suite ma chambre. Elle me ressemble : c'est l'âge adulte mais sans les années d'expérience qui vont avec.

Luiz est parti faire des courses dans la médina et moi je me balade sur le port. Un couple de jeunes Français s'affaire sur le pont de leur voilier. Je m'assois sur le quai pour les regarder et, comme ils m'intriguent, je leur pose des questions. Ils doivent traverser l'Atlantique dans quelques mois. Pour l'instant, ils visitent le pays, vivent là quelque temps. J'apprends que de nombreux bateaux partent de Casablanca pour faire la traversée vers les Caraïbes ou l'Amérique du Sud. Eux, ils sont partis de Saint-Malo, mais ils doivent

Départ au Maroc

maintenant attendre la période favorable des alizés, en novembre, pour quitter le Maroc. Ces grands vents chauds doivent les pousser vers leur destination. Ils ont l'intention de rejoindre le Brésil. Je sursaute quand ils me confient leur destination.

Dans ce port comme dans tous les ports du monde, me précise l'homme qui s'appelle Paul, tout le monde connaît tout le monde. On s'entraide souvent, on s'ignore parfois, mais c'est plutôt la solidarité qui est la règle. Je leur demande s'ils n'ont pas peur. Les tempêtes tragiques, ça existe bien sûr, mais on ne peut rien faire contre les rêves qu'on fait depuis l'enfance, n'est-ce pas ? Ils en rêvaient tous les deux, alors, quand ils se sont rencontrés, ils ont acheté un bateau et ils sont partis.

Ça me fascine cette idée, de prendre un bateau comme ça et de traverser ! Ils rient de mon étonnement. Tu sais, me raconte Magali, la compagne de Paul, parfois il y a des timbrés qui le font alors qu'ils n'ont presque aucune expérience de navigation. Ils pensent qu'il suffit d'avoir un bateau performant. Et le pire, c'est que souvent ils réussissent là où d'autres plus expérimentés échouent parce que, ce jour-là, la mer était trop mauvaise. Paul est moi nous sommes bretons, nous avons navigué sur des voiliers depuis notre enfance et lui est charpentier de marine. Mais on ne peut jamais être sûr de rien. C'est un peu l'océan qui décide.

Ils me posent des questions sur mon voyage, me disent qu'ils iront peut-être à Essaouira le mois prochain et me font visiter leur bateau. C'est une petite maison flottante avec tout un tas de systèmes ingénieux pour faciliter la vie. Une cabine double à l'avant et une pièce à vivre qu'ils appellent le carré avec la petite cuisine et la table à cartes, enfin ce qui sert de bureau pour décider de la navigation. Il y a même une autre petite cabine, une douche et des toilettes. Dans le carré, j'aperçois une petite étagère remplie de livres. Curieuse je m'approche pour regarder les titres. Magali sourit.

— Prends-en un et ouvre-le à la première page.

Je saisis le premier livre qui vient et dont le titre m'inspire, *Le vieux qui lisait des romans d'amour* de Luis Sepúlveda et, à la première page, je découvre une liste de ports, de dates et de noms. En dernier, il est écrit : *Donné à Magali et Paul dans le port de La Rochelle, France, le 15 mars 2010*. Aux précédents propriétaires, il avait été donné à Bantry Bay, en Irlande, en décembre 2009, puis aux îles Vierges, à Cartagena, en Colombie. Bref, ce livre que je tiens entre les mains, a déjà fait deux fois le tour du monde. Je suis fascinée.

Le soir même, Luiz et moi, nous dînons dans le restaurant indiqué par le policier de l'aérodrome avec mes deux nouveaux potes navigateurs. Luiz et Paul échangent leurs savoir-faire de navigation. Il est question de sextants, d'étoiles, de zones de turbulences, de mystères, de courants ascendants et sous-marins. Nous sommes en pleine médina, le tagine est délicieux et, depuis que je suis arrivée, je m'émerveille des parfums mélangés d'épices, complètement différents de ceux de l'Espagne. Dans les visages, les paroles entendues au vol, partout autour de moi, je retrouve Naïma, mes amies marocaines et même Abdel à ses débuts charmants, dans la façon qu'ont les garçons de me regarder et de m'interpeller en m'appelant la gazelle. Je crois que j'en ai fini avec la peur. Je ne suis plus une victime. J'arrive à considérer ce qui m'est arrivé comme un accident de parcours et non plus une fatalité. Je suis heureuse d'être là, d'avoir réussi à partir d'Espagne, de baigner dans ces amitiés si intenses, alors que nous nous connaissons depuis si peu de temps. Comme si le voyage créait une sorte de planète où se rencontrer est naturel et simple, où ceux que l'on trouve sur sa route, hormis les affreux, étaient ceux que nous devions croiser pour vivre mieux ou répondre à nos questions.

En Bretagne, Magali était infirmière et ici, au Maroc, elle travaille chaque matin au dispensaire français. Elle rit beaucoup quand je lui raconte ma panique, lors de l'accouchement de Naïma. Je ne parle ni de ma fuite ni de la mort de mes parents et Luiz s'arrange pour détourner la conversation quand on risquerait de me poser des questions gênantes. Pendant le repas, je m'éclipse pour répondre à Vicente qui veut savoir si je suis bien arrivée. Lui parler me met une drôle de petite boule à l'estomac. Je revois nos nuits, nos câlins, nos baisers. Il me manque plus que je ne veux bien le lui avouer. Pour une fois, je ne suis pas obligée de mentir et je raconte que je suis à Casablanca avec un couple de Français qui navigue et que je viens de rencontrer. Vicente me demande si je n'ai pas l'intention de partir avec eux au Brésil. Mais je le détrompe. Qu'est-ce qu'il va imaginer, qu'on s'embarque comme ça sur le voilier de gens sympathiques qu'on vient juste de rencontrer ? Mais non ! Quoique…

Le lendemain, à l'aéroport, nous ne tarissons pas d'éloges sur son restaurant auprès de notre policier marocain, un peu angoissés qu'il ait eu l'idée de se renseigner sur cette fille mineure qui voyage en avion privé avec un cinquantenaire même pas de sa famille. Un autre policier que nous ne connaissions pas le rejoint pour vérifier les passeports, mais Mohamed, occupé à renouveler son invitation dans l'Atlas pour assister au mariage de sa cousine, lui signifie que tout est déjà en règle. Une fois dans l'avion, Luiz et moi, nous nous regardons sans rien dire.

— Tu veux apprendre à décoller ?
— Je ne sais pas si je saurai faire ça…
— On va le faire ensemble.

Une fois de plus je suis fascinée par le vol, la sensation de liberté que donne l'avion, le bord du rivage qui ressemble à un papier bleu découpé et bordé d'une ligne plus sombre comme l'iris d'un œil. Je sais que la famille de Naïma vit à quelques kilomètres d'Essaouira, dans un village assez pauvre de l'intérieur du pays, dans les collines. Quand je l'appelle à mon arrivée, elle saute de joie et j'entends, émue, Ali qui gazouille et qui doit être dans ses bras. Elle me souffle qu'elle a une grande nouvelle pour moi, mais qu'elle ne veut pas m'en parler au téléphone. Je suis sûre que cela concerne sa vie. Je lui demande comment sa mère a pris la nouvelle du bébé. Naïma a suivi son instinct.

Quand elle a vu la colère de sa mère, sans rien dire, elle lui a mis Ali dans les bras, et ensuite, elle lui a demandé d'aller voir les parents du père. Au début, ça n'a pas été facile. La mère de l'autre famille espérait un mariage plus riche pour son fils et Naïma est passée pour une fille de rien. Il a fallu beaucoup de négociations, de pleurs et de cris pour que tout s'arrange. Ali s'appelle aussi Mohamed désormais, afin que le grand-père de l'autre famille y trouve son compte. Mon amie rit et, grâce au téléphone, nous retrouvons notre complicité. Je fais une croix définitive sur sa trahison de Huelva. Pas de rancœur, juste la mémoire du bon comme du mauvais.

— C'est difficile de venir jusqu'ici quand on ne connaît pas la route. Si tu veux, je peux venir avec mes frères te chercher demain à Essaouira.

Luiz est d'accord pour rester une nuit de plus et, selon le pacte qu'il a passé avec Joseph, il m'accompagnera jusqu'à ma destination finale. Je l'appelle ma nounou pour l'embêter et il menace de ne plus m'apprendre à piloter.

Pour la dernière soirée ensemble, j'invite Luiz au restaurant et j'y tiens, vu que c'est encore lui qui paye ma chambre. Tout en dégustant sa pastilla, Luiz m'avoue qu'il ne voulait pas m'emmener au Maroc et que c'est Joseph qui a réussi à la convaincre. Je tombe des nues.

— Mais pourquoi tu ne voulais pas m'aider? Tu es un chic type... Quand on s'est rencontrés, tu m'as même donné de l'argent sans savoir si tu le reverrais un jour. Je pensais...

— C'est très différent. Ma chère Nina, tu es toi aussi une personne sympathique, mais je suis un cinquantenaire tranquille et pas du tout spécialisé dans l'enlèvement de mineures en fuite. J'ai besoin de vivre de mon permis de piloter, et n'ai aucune envie de me mettre hors la loi pour te faire plaisir. Joseph qui avait l'air d'avoir des raisons personnelles de t'aider m'a promis qu'il en assumerait toutes les conséquences, si ça se passait mal. Mais apparemment, il contrôle bien la situation. Tu as beaucoup de chance de l'avoir rencontré celui-là.

— Je ne vois pas en quoi il contrôle quoi que ce soit. C'est grâce à toi que je suis au Maroc, et qu'on a réussi parce que tu as finalement dit oui, que tu connaissais le policier et que j'ai achevé de le baragouiner.

— Ne boude pas, Nina. Je ne regrette pas du tout d'avoir accepté. Il a eu raison de batailler pour me convaincre. J'y ai gagné une élève, peut-être même un futur pilote pour m'accompagner dans mon prochain raid !

C'est vrai que suis vexée de n'avoir rien deviné. C'était donc ça la discussion enflammée de l'aérodrome. Et moi qui les croyais copains !

Le lendemain, Naïma et ses frères viennent nous récupérer avec deux ânes sur lesquels nous mettons le bébé, et nos sacs. En une heure, nous traversons, par des chemins incroyables, des champs d'oliviers, d'arganiers, des oueds, avant d'arriver à Ida Ougourd. Luiz est furieux quand il s'aperçoit qu'il y a dans le village des taxis qui ne coûtent que deux euros. Avec Naïma, nous nous moquons de lui et de son petit embonpoint malmené. Plus tard, sous la voûte étoilée, il me confie qu'il a adoré cette promenade dans la campagne marocaine. Puis il entreprend de m'apprendre le nom des étoiles qui se trouvent au-dessus de notre tête. On ne sait jamais, si un jour, plus tard, je me perdais dans le désert avec mon avion ! C'est un sacré poète mon vieux petit prince !

Un jour de création, l'un d'entre nous, mais lequel ? Parfois nous nous disputons à propos de ce souvenir discordant : est-ce le pianiste qui a quitté ses mélodies pour venir murmurer cette phrase douce à l'oreille de sa femme peintre ? Est-ce elle qui a appuyé ses mains pleines de couleurs sur le bord de ses épaules, alors que ses doigts couraient sur le clavier ? Lequel des deux a fait cette folle suggestion à l'autre : et si on faisait un enfant ? Nous n'en savons plus rien, mais la version sur laquelle nous tombons toujours d'accord, c'est de dire que ce ne fut pas un hasard, une obligation ou un abandon à la conformité. Rien ne nous blessait plus que les parents qui au détour d'une conversation disaient avoir fait des enfants pour se prolonger, parce qu'un couple sans enfant, ce n'est pas un couple, parce qu'ils adoraient les bébés, ou encore parce que c'était dans l'ordre des choses. Non ! Nous étions d'accord sur ce point : nous voulions un enfant et même plusieurs pour vivre avec eux, pour partager cette aventure d'une vingtaine d'années et plus si affinités... Plus tard, quand le médecin nous déclara que nous ne pourrions pas en avoir d'autres, nous fûmes très tristes, même si nous avions la chance d'avoir une merveilleuse petite fille. Nous avions toujours pensé qu'un enfant ne doit surtout pas sentir qu'il est le centre du monde, afin de ne pas en faire un odieux petit personnage. Il était difficile de résister à tes mimiques, à ton intelligence vive, à tes questions, à tout ce qui venait de toi puisqu'il n'y en avait pas d'autres. Tu n'étais pas capricieuse ou enfant gâtée, ou alors nous ne nous en rendions pas compte. Il est bien difficile de savoir ce que l'on doit transmettre, ce que l'autre veut bien entendre, ce qu'il ne faut surtout pas lui dire, où le rejoindre pour lui parler un langage qui ne passe pas par les mots, mais seulement par les intuitions. Un jour peut-être, tu te poseras ces questions, et comme nous tu n'auras pas vraiment de réponses puisque nous ne savons pas d'où nous venons, où nous allons et pour combien de temps encore... On ne peut pas faire le malin et il n'y a pas grand-chose à dire quand on ne sait rien de l'essentiel. On peut seulement aimer, être joyeux et vivre chaque seconde comme si c'était la dernière.

Épilogue

Voilà deux mois que je vis avec la famille de Naïma. Pour sa mère, je suis comme une de ses filles. Elle me traite, m'apprécie ou me gronde de la même façon.

J'aime ce pays, rythmé par l'appel à la prière, cette campagne aride, ces oliviers, ces arganiers. J'aime les parfums de la terre sèche, l'air chargé des fragrances d'olives et d'épices. J'aime les vieux et leurs visages ravinés qui ressemblent à la terre sur laquelle nous vivons, les femmes avec tous leurs enfants accrochés à leurs basques, leurs youyous et leurs chants. Je me suis habituée à la provocation permanente des garçons, à leurs rires gênés quand je leur réponds effrontément. Les hommes m'ont adoptée mais me tiennent à distance. Ils savent que, chez moi, les femmes sont différentes et, de mon côté, je respecte leurs interdits. Je ne vais pas dans les cafés, je ne porte pas de jupes très courtes ou de shorts, comme les touristes que je vois dans les rues d'Essaouira. Je comprends mieux le berbère et l'arabe ; je commence à parler un peu. Il y a des sons difficiles que les femmes passent des heures à essayer de me faire répéter avec de grands rires devant mon impuissance. En ce moment, nous préparons le mariage de Naïma, la fête, les sept robes qu'elle devra porter successivement, les plateaux sur lesquels, hissés par des hommes, elle et son mari recevront les pétales de rose que lanceront les belles-mères et les mères. Il n'y a rien de plus compliqué qu'un mariage, qui est toujours riche même chez les très pauvres. Et surtout, nous profitons des derniers moments que nous avons à vivre ensemble sous le même toit. Ali Mohamed rampe et se saisit de tout et, quand nous jouons avec lui, nous sommes comme deux grandes sœurs avec le petit dernier. Depuis que je suis là, je dors dans la chambre de Naïma avec Ali, mais, après les noces, elle habitera dans une petite maison avec son mari et leur fils. Je serai seule dans sa chambre.

Quand nous allons au hammam, je me laisse aller dans la douceur chaude et humide du lieu, je me laisse masser avec le savon noir, puis avec l'huile d'argan, les sœurs de Naïma me font des dessins au henné sur les pieds et les mains. J'aime ces lieux de femmes qui n'existent pas dans ma culture. Je continue à teindre mes cheveux avec le henné maintenant, et je les laisse pousser. Les filles, qui sont les amies de Naïma et sont devenues les miennes, veulent savoir si je suis vierge, mais je ne leur réponds jamais. Même Naïma ignore tout de mes relations actuelles avec Vicente. Elle sait que nous avons flirté et je ne lui dirai rien de plus. Les femmes d'ici ne savent pas garder un secret, et surtout pas un qui vient du lit. Elles sont d'une totale impudeur et, dans les premiers temps, je ne comprenais pas comment, dans un pays musulman, les femmes pouvaient parler de sexe avec autant de brutalité. Ceci explique sans doute cela.

Parfois je reste des heures au téléphone avec Joseph et ça me fait du bien de parler à quelqu'un qui me comprend. Ici, je ne sais pas comment dire, les gens sont différents, et ce qui fait leur charme un jour peut devenir repoussant le lendemain. Peut-être que c'est cela, être né quelque part : ne rien comprendre à la culture des autres, mais être heureux de la partager quand même. Je ne pourrai jamais plus vivre sans voyager, même quand je cesserai d'être en cavale. Je crois que je l'ai toujours su. Voyager, rencontrer les autres, c'est ma façon de vivre et le monde est si grand.

Toute la bande de mes copains me téléphone régulièrement ; ils m'envoient des paquets, des fringues, des disques, un peu d'argent de ma réserve que je donne à la mère de Naïma, pour ne pas être un poids. Je ne dépense presque rien. Je ne peux même pas les remercier en leur envoyant moi aussi des cadeaux, de peur que les parents n'en repèrent l'origine. Lucille m'a fait parvenir toute une documentation que je lui avais demandée sur les écoles d'aviation et d'autres filières, comme les écoles de journalisme. Pour l'instant, j'hésite.

Je suis sûre que ça m'aide de ne pas vivre à Paris, de ne plus être avec les mêmes amis, de ne pas être obligée d'affronter la même existence qu'avant, mais sans mes parents. Comme en Espagne, cela m'a sauvée d'avoir sous les yeux un autre paysage, de parler une autre langue, de respirer un autre air. Je danse au son des tambours gnawas, j'écoute les flûtes des charmeurs de serpents, et même les dromadaires qui blatèrent. Ce ne sont pas des sons que je connaissais.

Et pourtant, je suis nostalgique d'un chez-moi qui n'est pas seulement un lieu. Est-ce que c'est ça qu'on nomme *mal du pays* ? Dans les rues d'Essaouira, un jour, j'ai entendu un morceau de Schubert qui s'échappait d'une fenêtre. Il y avait si longtemps que je n'avais pas écouté de musique classique que mon cœur s'est mis à battre violemment. Je me suis laissée glisser le long du mur pour écouter. J'ai fermé les yeux. C'était le trio piano, violoncelle, violon en *mi* bémol majeur D.929. J'ai découvert que je pouvais à nouveau pleurer et que c'était bon de laisser l'émotion m'étreindre. J'ai bu les notes de cette mélodie jusqu'à la fin du morceau, c'était d'une beauté insolite, cette musique dont la fin s'est emmêlée à l'appel du muezzin, comme un retour à ma réalité.

Où est la petite fille que j'étais ? Encore tapie au fond de moi ou disparue à jamais ? Il me reste les souvenirs, la route, le destin. Vicente me manque et j'aime entendre sa voix. Il dit qu'il va venir un jour. Moi aussi, j'ai envie de le revoir. Et pour ne pas sombrer dans la mélancolie quand il évoque nos chevauchées dans les dunes, je lui réponds qu'ici il n'y a que des ânes à monter, et ça le fait rire.

Parfois, quand je vais à Essaouira, je m'assois face à la mer, et je pense à mes parents. Quand ils sont partis, ils m'ont promis que nous irions ensemble au Brésil. C'était un vieux rêve pour nous parce que nous aimions tellement la musique brésilienne. Beaucoup d'amis de mon père à Paris étaient des musiciens brésiliens. Mais finalement, c'est ma mère qui a exposé ses peintures à Rio et embarqué mon père dans ce voyage fatal. Une fois là-bas, il a rencontré des musiciens et planifié un disque avec eux. Nous devions revenir au Brésil tout l'été jusqu'à fin septembre.

La dernière fois que je leur ai parlé, avant qu'ils ne prennent l'avion, ils m'ont dit que j'allais adorer ce pays, qu'il allait surpasser ceux que nous avions déjà visités ensemble jusque-là. Ils en étaient sûrs tous les deux. Maintenant j'arrive à me souvenir de notre dernière conversation sans pleurer. J'entends leurs voix me dire ensemble : *À demain, chérie. On viendra directement te chercher chez Lucille dès qu'on arrive de l'aéroport. Il nous tarde de te retrouver, tu nous as manqué.*

Je pense à eux de l'autre côté de l'Atlantique, ils sont là-bas au Brésil, au fond de l'eau. Je pense à Paul et Magali qui vont partir en novembre sur leur voilier et traverser l'Océan. Et tout en écoutant la chanson *Boa Sorte*, oui, j'y pense...

Bande-son du *Voyage de Nina*

Buleria con Ricardo, Anoushka Shankar, Pedro Ricardo Miño, Juan Ruiz (Bobote & El Electrico)
Lily Dale, Arthur H (Mystic Rumba)
Endless Power, Aziza Mustafa Zadeh (Shamans)
But Beautiful, Birgitte Lyregaard, Alain Jean-Marie, Alexandra Grimal (Blue Anemone)
I've Got That Tune, Chinese Man (The Groove Sessions)
To Be Alone With You, Cocoon (Covers - EP)
Viva la Vida, Coldplay (Viva la Vida or Death and All His Friends)
Cold Water, Destruction Incorporated (The Dogman's Tales)
Boulevard Of Broken Dreams, Green Day (American Idiot)
Arrinconamela, Gritos De Guerra (Vengo Soundtrack)
Sweet Child of Mine, Guns N' Roses
In The Sun, Gush (Everybody's God)
Sixteen, Hugh Coltman Stories from the Safe
Drive, Incubus (Make Yourself)
With My Own Two Hands, Jack Johnson (Feat. Ben Harper)

Sing-A-Longs & Lullabies, For The Film Curious George (Soundtrack)
Isn't She Lovely?, Jacky Terrasson (Smile [Europe])
L'Air de rien, Jacky Terrasson (Smile [Europe])
Canto de Ossanha, Jurassic 5 (Feedback)
After Tonight, Justin Nozuka (Holly)
Flor De Lis, Ketama (De Aki A Ketama)
Problema, Ketama (De Aki A Ketama)
Vengo De Borrachera, Ketama (De Aki A Ketama)
Vente pa Madrid, Ketama, Toumani Diabate & Danny Thompson (Songhai)
A Medida da Paixão, Lenine (Na Pressão)
Jimmy, Moriarty (Gee Whiz But This is a Lonesome Town)
Goodbye Philadelphia, Peter Cincotti (East of Angel Town)
Californication, Red Hot Chili Peppers (Californication)
Morning, Sara Lazarus (Women in Love Jazz)
The Man Who Can't Be Moved, The Script (The Script)
Cantaloop, US 3
Boa Sorte (Good Luck), Vanessa da Mata & Ben Harper,
Say Yes (feat. ASM), Wax Tailor (In the Mood for Life)
Today, Yael Naim (She Was a Boy)
Heart Shaped Box, Yaron Herman (Follow the White Rabbit)

Frédérique Deghelt
dans Le Livre de Poche

Le Cœur sur un nuage   n° 32282

Ce livre intime, nous l'imaginons entre les mains de femmes enceintes, de jeunes mamans, offert entre amies, transmis par des mères ou belles-mères, et lu sous le manteau par des hommes que les secrets féminins de la maternité intriguent.

La Vie d'une autre   n° 31559

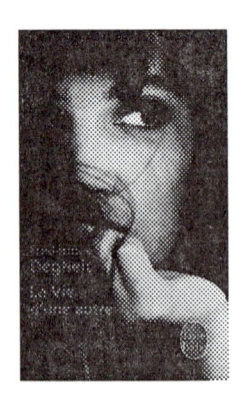

Marie a vingt-cinq ans. Un soir de fête, coup de foudre pour le beau Pablo, nuit d'amour et le lendemain... Elle se réveille à ses côtés, douze ans plus tard, mariée, mère de trois enfants, sans un seul souvenir de ces années écoulées.

Du même auteur :

Les Brumes de l'apparence, Actes Sud, 2014

Un pur hasard, Éditions du Moteur, 2012

La Nonne et le brigand, Actes Sud, 2011

Le Cordon de soie, photographies de Sylvie Singer Kergall, postface d'Aldo Naouri, Actes Sud, 2009

La Grand-Mère de Jade, Actes Sud, 2009

Je porte un enfant et dans mes yeux l'étreinte sublime qui l'a conçu, photographies de Sylvie Singer Kergall, postface de René Frydman, Actes Sud, 2007

La Vie d'une autre, Actes Sud, 2007

Le Livre de Poche s'engage pour l'environnement en réduisant l'empreinte carbone de ses livres. Celle de cet exemplaire est de :
600 g éq. CO₂
Rendez-vous sur
www.livredepoche-durable.fr

Composition réalisée par Belle Page

Achevé d'imprimer en mai 2014 en France par
CPI BRODARD ET TAUPIN
La Flèche (Sarthe)
N° d'impression : 3005299
Dépôt légal 1ʳᵉ publication : mai 2014
LIBRAIRIE GÉNÉRALE FRANÇAISE
31, rue de Fleurus – 75278 Paris Cedex 06

31/7949/6